KB233503

플레이하우스

플레이하우스

플레이하우스

이신혜 · 서재원 · 이지윤 지음

저희들만의 시로 채운 영시집 출간, 오랜 시간 동안 소망해
왔었지만 이제야 마침내 이루게 되었습니다. 절대로 쉬운 작업
은 아니었지만, 이를 통해 겪었던 이런 저런 우여곡절도 추억
이란 형태로 마음 한켠에 곱게 접어 놓았습니다. 처음엔 혼자
서 영어로 썼던 각자의 시들을 서로와 나누고, 보다 더 많은 독
자들과 나누고 싶은 마음에 우리말로 옮기고 여담(digressions)이
라는 형태로 해설과 코멘트도 달게 되었습니다.

여기에 수록된 시들은 지극히 개인적인 저희만의 감정들을
녹여낸 글들입니다. 학교생활, 개인적 고민과 기대들, 사람들과
의 관계 등 여러 것들이 수록되어 있는, 어찌 보면 일기장에 적
는 글들과 다를 바 없는 저희들만의 개인적인 기록들이지요.

초등학교 때 여자아이들끼리 돌려쓰던 교환일기를 아세요?
비밀을 공유한다는 이 느낌은 고등학교 끄트머리에 와 있는 이
시점에도 즐겁습니다. 여러분들도 저희의 시들을 마치 친구와
의 교환일기를 본다는 느낌으로 마음껏 공감하고 즐겨 주시길
바랍니다.

2012년 10월
저자를 대표하여 이신혜 씀

차례

A Walk Along the Sundial

What Life Whispered

Setting Emotions

Days With You

Diary-이지윤 | Mornings At Home-서재원 | Evenings At Home-서재원 | 120124, TeddyBear-이신혜 | Particles-이지윤 | Hunger-서재원 | Calculus BC-이지윤 | 110930, On the Brink of Lunch-이신혜 | Biology-서재원 | Teddy Bear-이지윤

Diary

이지윤

Old paperback aged with brown
In its crisp pages lie letters of immaturity
Memories of youth unknown to your future
now is held by her

Truth was different but same
You were not who you are
but you were same as her

Stacks of papers tied with age and
in its crisp pages lie decade of past
Memories of childish fools opened to your future
now she knows who you really are

갈색으로 늙은 오래된 종이로 싼 책
바삭한 장들 속에는 미숙함의 단어들로 채워져 있다
당신의 미래에게는 알려지지 않은 어린 시절의 기억들을
지금 그녀가 찾았다

사실은 달랐지만 똑같았다
당신은 지금의 당신이 아니었고
당신은 그녀와 같았다

종이 뭉치들이 시간과 함께 묶였고
바삭한 장들 속에는 십여 년의 과거가 채워져 있다
유치한 장난의 기억들이 당신의 미래에게 펼쳐졌다
이제 그녀는 진실된 당신을 안다

🍁 digressions

Crisp는 '바삭한'이라는 뜻이 있지만 가을의 낙엽이나 가을의 바람을 표현할 때 많은 사람들이 crisp 하다고 표현한다.
Held라는 뜻은 잡혀 있다는 뜻이지만, 여기에서는 찾았다 라고 표현하였다. 누군가에 의해 잡혀져 있는 것을 찾았다는 표현으로 우회적으로 설명한 것이다.
Lie는 누워 있다는 표현이다. letters(단어)들이 누워 있다는 것을 단어들로 채워져 있다고 번역하였다.

Mornings At Home

서재원

Mornings are always hopeful when at home

Even if the view from the window is not new

Even if breakfast is not a first class cuisine

Right here where there is not one special thing

The breeze is the gust against an adventurous sail

The kitchen knife against the chopping board is love

Mornings are always cherished when at home

고향의 아침은 언제나 희망차다
창밖의 풍경이 놀랄 만큼 새롭지 않아도
아침 식사가 진수성찬이 아니어도
무엇이든 대단한 것 하나 없는 이곳에서는
커튼 사이로 부는 바람이 모험의 바닷바람이고
어머니의 도마 위의 칼 소리는 곧 사랑이다
고향의 아침은 언제나 소중하다

🍁 **digressions**

나는 새로운 것을 경험하고 맛보는 것을 좋아해서 여행을 즐기고 자주 다녔다. 관광지들은 항상 특별해 보였고 그곳이 분명 어떤 사람의 고향일 것이라는 생각이 들자 점점 나의 고향이 초라하게 느껴졌다. 그런데 어느 날 내 침대에서 일어나 창문으로 불어오는 바람을 느끼고 엄마가 카레를 준비하는 소리를 듣던 중 대단하지 않아도 포근함과 사랑이 있는 나의 집이 그 어느 여행지보다 소중하다는 것을 깨달았다.

Evenings At Home

서재원

Evenings are always calm when at home
Even without the sun stretching over the horizon
Even without the resounding ring of cathedral bells
Right here where there is not one special thing
A loving smile becomes the sun above the sea
A song sizzled in memory becomes a symphony
Evenings are always cherished when at home

고향의 저녁은 언제나 평온하다
펼쳐진 지평선 너머 붉은 태양은 없어도
대성당의 울려 퍼지는 푸른 종소리는 없어도
무엇이든 대단한 것 하나 없는 이곳에서는
사랑하는 이의 미소가 바다 위의 태양이고
추억 속의 노래가 곧 웅장함이다
고향의 저녁은 언제나 소중하다

 **digressions**

고향이란 특별하지 않아도 그 평범함조차 소중한 곳이다.

120124, TeddyBear

이신혜

Once I barely knew you but
you lured me with your thin smile
and crooked brass nose

Once you were my best friend
my baby, my next door neighbor who came for tea
every day at one
you were the one who listened to all my deepest secrets
but you never told anyone that it was
me who broke my mother's favorite dish
and wrecked the laundry line too

Once you stood your ground among old school albums
and outdated jeans in a box
in a closet
in the attic
in my parents' house while I was gone

한때 난 널 겨우 알았지만
너의 실낱같은 미소와
삐뚤어진 놋쇠 코에 반해버렸지

한때 넌 나의 가장 친한 친구
나의 아기, 매일 한 시에 차 한 잔 나누러 오는
나의 옆집 이웃이었지
네게 난 나의 가장 깊은 비밀들을 속삭였고
넌 아무에게도 말하지 않았어
우리 엄마가 가장 아끼던 접시를 깬 것도
뒷마당 빨랫줄을 망가뜨려 버린 것도 나였던 걸

한때 넌 오래된 졸업사진들과
유행 지난 청바지들 사이에서 박스 속에
옷장 속에
다락방 속에
부모님 집에 내가 없는 시간들을 초연히 삼켰었지

Once you found me again

and I swear, I almost remember

how you sneezed the dust off yourself as I brought you back

from the clouds of oblivion

Once you used to babysit my baby girl

smelling of cinnamon like my mother did

vigil in her crib, awake during the darkest nights

to guard her from nightmares and wicked fairies

Once you sat in the top row of the bookshelf

looking down at every mundane delight

you probably remember the time

the time my girl brought home her husband-to-be

한때 넌 다시 날 찾았지
맹세컨대 아직도 기억할 수 있을 것 같아
내가 망각의 먼지구덩이로부터 널 구해왔을 때
네가 재채기하며 살아나던 모습을

한때 넌 나의 딸아이의 수호천사였지
나의 어머니가 그랬듯이 시나몬 향기 은은하게
악몽과 나쁜 마음먹은 요정으로부터 그 앨 지키기 위해
한숨도 자지 않고 그 길고 칠흑 같던 밤들을 새웠었지

한때 넌 거실 책장 가장 위층에 앉아
심심한 일상의 즐거움을 모두 관람했지
너도 기억하지,
우리 딸애가 제 약혼자를 집에 데리고 왔던 그날을

Once you were the one I needed throughout the quiet, lonely nights

when I reminisced the one who left early

time to time

you filled the emptiness with your sweet familiarity

Once I barely knew you but

you always knew me

didn't you?

you, my confidant, my solace

my tattered old friend

Now, take me back to the place where I belong

한때 넌 일찍 떠나버린 이들을 그리워하던
나의 조용하고 외롭던 밤들을 함께 지새우던 유일한 존재였어
그때마다 넌
익숙한 포근함으로 나의 공허함을 채워주곤 했지

한때 난 널 겨우 알았지만
넌 날 항상 알았지
그랬지?
너, 나의 피난처, 나의 위안
나의 오래된 친구야

이젠 내가 쉴 수 있는 그곳으로 데려가 줘

🍁 digressions

어렸을 땐 인형에게도 마음이 있다고 믿었었다. 매일같이 하는 놀이에 꼭
필요한 악역도 돌아가면서 시켰고, 나의 잠버릇에 행여나 인형들이 바닥에
떨어져 밤새 슬퍼하지 않을까 걱정하며 잠들었다. 더워서 땀을 뻘뻘 흘리
며 불편할 정도로 몸을 웅크려서라도 약 4개의 크고 작은 인형들을 끌어안
고 매일 밤을 보냈던 나에게 인형들은 그저 천 속 솜뭉치가 아니라 나의
가족이자 친구같은 존재였다. 인형과 교감하기엔 이제 너무 커버린 지금에,
그때처럼 순수한 마음으로 누군가에게 무조건적인 애정을 쏟을 수 있을까?

Particles

이지윤

Are you yellow or are you black?
When I watch television, your color changes
When I take phone calls your voice is your color

That black road you run, or do you walk?
I bet you fly like one would in vacuum state—Neo does that a lot
in matrix
I bet you have a race

Because you want to be the first to drum my tympanum,
be first to reach my retina
be first to create the scene

What do you do when you want to be sprayed all over?
I sometimes see you angry splashing the red yellowish orange all over
Sometimes you hurt people

You are like trains running the rail-same road every single day

넌 노랑이니 아니면 검정이니?
내가 텔레비전을 볼 때면 네 색깔은 변해
내가 전화를 받을 때면 네 목소리가 네 색깔이야

네가 달리는 그 검은 길, 아니면 걷니?
넌 사실 진공 상태에 있는 것처럼 날아다닐 거라는 거에 걸
겠어―네오가 매트릭스에서 많이 하는 것처럼
넌 경주를 한다는 거에 걸겠어

왜냐하면 넌 내 고막을 울리는 첫 번째가
내 망막에 도달하는 첫 번째가
장면을 만드는 첫 번째가 되고 싶기 때문이야

네가 흩뿌려지고 싶을 때는 어떻게 하니?
난 가끔 네가 화나서 빨간 노랑의 주황색을 온 사방에 뿌리는
걸 알아
넌 가끔 사람들을 다치게 하지
넌 레일 위를 달리는 기차 같아―매일매일 같은 길

But you should be thankful, You travel far far away

If you want, you could be anything

If you try hard, if you win the race you will be that,

Race unlike the route map of a town bus which keeps coming

around You have your will

그렇지만 넌 감사해야 해, 멀리멀리 여행을 하잖아
네가 원하면, 넌 아무거나 다 될 수 있어
네가 노력하면, 네가 경주를 이기면 그 원하는 것이 될 거야

항상 다시 돌아오게 되는
노선이 아닌, 경주
넌 너의 의지가 있어

🍁 **digressions**

KTX를 타고 서울에서 부산에 가는 길은 정겹다. 도심에서 벗어나다 보면 농경지가 나오고 농경지에서 벗어나면 산등지가 나온다. 한없이 푸름을 선사하는 정경에 항상 철로를 따라 길을 지키는 것은 전선들이다. 전선들 속에는 전자들이 어디론가 가고 있을 것이다. 전신주에서 전신주로 줄줄이 이어지는 저 검은 선들은 어디로 가는 걸까 생각하며 따라가다 보면 어느새 부산이다.

Hunger

서재원

The primal human craving
be it for rest or amusement
cannot override this aching
for daily or constant nourishment
Its effects so direct and endless,
destructive and vulgar
that its prey are under a ceaseless
pain that some name Hunger

인간의 원초적인 욕구 중 그 어느 것도
휴식을 위한 것이든 쾌락을 위한 것이든
이것보다 강한 갈증을 불러올 수 없다
매일 또는 지속적인 영양을 위한 갈망은
효과는 즉각적이되 끝이 없으며
가끔은 파괴적이고 저속하기도 하다
이것의 표적은 배고픔이라 하는
끊임없는 고통 속에 갇히게 된다

🍁 digressions

4교시에 배가 너무 고파서 점심시간을 간절히 기다리며 쓴 시다. 인간이 가장 참기 힘든 고통은 허기이며 이의 영향은 한 인간을 파괴할 수 있을 정도로 과격하다는 점을 강조하고 싶었다(시를 쓸 당시에는 진심이었다). 평소에 나를 포함한 많은 친구들이 배가 고플 때 짜증을 내거나 기분이 좋지 않은 것도 이 때문인 것일까?

Calculus BC

이지윤

The scribbling of a pen never stops
as agonizing stress pinpoints upon notepads
Sine cosine tangent cotangent and yes there are the arcs

D'Arc!
Girl just my age, six hundred years gone,
was riding a horse for peace-Jeanne d'Arc

Did she too, suffer from the rolling path on the back of a horse,
just as pens would on graphs unresolved?

Did she too, succumb to answers that betrayed her,
just as papers would on the exercises of lies beneath integration?

Wasn't her victory futile, when it came to an end
just like a wrong answer at the end of the thoroughly carried out
formulas?

펜의 끄적거림은 절대 멈추지 않는다
고통스러운 스트레스가 노트 위에 내리 찍혀도
사인(sin) 코사인(cos) 탄젠트(tan) 코탄젠트(cot), 그리고 아 그래
아크(arc)들이 있지

다르크(D, arc)!
딱 내 나이였던 600년 전의 그녀
그녀는 평화를 위해 말을 몰았지 - 잔 다르크(Jeanne d'Arc)

풀리지 않는 그래프 위에서 펜들이 그랬던 것처럼
그녀도 굽이치는 길의 말 위에서 고통받았을까?

적분 아래의 반복되는 거짓말들 위 종이들이 그랬던 것처럼
그녀도 그녀를 배신했던 답에 굴복했을까?

공식을 사용해 유추해 냈지만 틀린 답이 나온 것처럼
그녀의 승리는 끝으로 갈수록 부질없지 않았을까?

Silent at the stake, she bent with faith and the fire poured over her

The scribbling of a pen never stops

Sine cosine tangent cotangent and yes the arcs!

But I am no arc, Should variables pour over and papers betray

I will not succumb

화형대에서 침묵한 그녀는 운명과 함께 굽었고 불이 그녀
위로 쏟아졌다

펜의 끄적거림은 절대 멈추지 않는다
사인(sin) 코사인(cos) 탄젠트(tan) 코탄젠트(cot), 그리고 아 그래
아크(arc)들이 있지!

하지만 나는 아크(arc)가 아니다, 변수들이 쏟아지고 종이들이
배신한다 해도
난 굴복하지 않을 것이다

✿ digressions

수학, 특히 미적분의 응용문제들은 머리를 아프게 한다. 연습문제를 풀 때
면 항상 틀리지만 연습장이 바닥날 때까지 다시 풀다 보면 언젠가는 그 노
력들이 보답한다고 믿고 싶다. 삼각함수들을 지겹게 풀며 잔 다르크(D'Arc)
가 생각난 것은 그저 arc 때문만이 아니라 프랑스를 살리려는 그녀의 불굴
의 의지 때문이다.

110930, On the Brink of Lunch

이신혜

A familiar tinkling chime colors the air

I raise my head to the circular flow of day

and contemplate, the present has barely passed away

and yet this permeation is getting harder to bear!

A craving, a devil, the greatest pain to call I dare

a futile nausea that leaves my soul to decay

Oh tender and clement Demeter, save me if she may

for this excruciating misery has collected its fare.

Then, the merciful air vibrates once more

and frees me to run towards what I live for.

익숙한 종소리가 공기를 물들이자
나는 둥그러니 흘러가는 시간을 향해 고개를 들고
생각하길, 순간은 아직도 떠나질 못하였는데
왜 이 허망함은 이리도 깊어지는가

이 갈망, 악마와도 같은 고통,
이 갈 길 잃은 괴로움은 나의 영혼을 벌레마냥 파먹는데
오, 다정하신 대지의 여신이여,
이 잔인한 절망에서 나를 구해주오

그러나 다시 한 번 울리는 자비로운 멜로디에
나는 이제 나의 삶의 이유,
그 모든 것의 품에 안길 수 있네

🍁 **digressions**

4교시에 점심시간을 기다리는 배고픈 학생의 마음은 그 누구보다도 간절할
것이다. 실제로 이 시는 어느 4교시 영어문학 시간에 셰익스피어의 시를 읽
다가 장난기가 발동해 옆 자리에 앉은 서재원과 키득거리며 쓴 시이다. 일부
러 친근한 주제인 점심시간을 가지고 circular flow of day(둥그러니 흘러가는 시
간, 시계를 가리킴), a futile nausea(갈 길 잃은 괴로움) 등의 과장되고 웅장
한 단어들로 표현한 게 다소 어이없지만 이것이야말로 웃음을 자아내는 매
력 포인트가 아닐까 생각한다.

Biology

서재원

I have been after you for quite some time, dearest

Tentative pebbles at your window mount a mountain

Through the sleepless nights and heartaches severest

My affection and desire sprout a fountain

Why has providence led me in this direction,

To cross your enchanting path but not your heart

To kindle a fleeting whim into an addiction

To keep me ever true but you coy with art?

Many's the time I believed your surrender

Basking in a glory too soon to be killed

You and only you can render

My mind lost in thirst unfulfilled

Yet, now is when you mend your crafty ways

And grant me the reward of seasons ablaze

저는 오랫동안 당신을 뒤쫓아 왔습니다
당신의 창문을 두드린 자갈만 해도 산을 쌓을 지경이고
당신을 그리며 잠 못 들었던 밤과 상심의 혹독함은
제 사랑과 욕망이 가슴속에 분수를 틀게 만들었습니다
왜 신은 저를 이런 방향으로 이끌었을까요
당신의 심장이 아닌 황홀한 길과만 교차하는 방향으로요
왜 단순한 상난을 지독한 중독으로 만들었으며
저의 진심을 당신의 영악함 속에 조롱받게 하였을까요?
하루에도 몇 번씩 마침내 당신이 마음의 문을 열었다고
거짓된 희망을 품지만 이는 곧 꺼져버릴 불씨였고
오로지 당신만이 저의 위로받지 못하는 갈증을
해소해주거나 지속되게 만들 수 있습니다
하지만 바로 지금이 당신이 교묘함을 바로잡고
당신에게 바친 시간의 달콤한 보상을 허락해줄 때입니다

❋ digressions

중학생 때부터 해온 생물공부가 손에 잘 잡히지 않을 때 쓴 시다. 몇 번을
외워도 자꾸 까먹게 되는 것이 야속했지만 이제는 제발 완벽하게 공부되기
를 바라며 썼다. 가만 생각해보니 사람들은 오랫동안 환심을 사려고 노력
해온 짝사랑의 대상에게도 이와 같은 감정을 느끼지 않을까? 비록 meter는
자유로워도 마치 사랑노래인 것마냥 Shakespearean Sonnet의 rhyme scheme을
따른 것도 이 이유에서다. 여느 sonnet에서처럼 이 시도 마지막 couplet에
'turn'이 있다. 현재까지는 공부에(혹은 다른 무언가에) 투자한 시간이 무의
미해 보였지만 지금이 바로 '달콤한 보상'을 받을 때라는 것이다.

Teddy Bear

이지윤

You don't see

You don't feel

You don't know who I am

But the scintillation of black spheres

as I hold you

tell you

hug you

I see you

I feel you

I know who you are:

my clandestine friend

넌 보지 않지
느끼지 않지
내가 누구인지도 모르지

그렇지만
내가 널 잡을 때
너에게 얘기를 할 때
내가 널 안을 때
검은 구들의 반짝임은,

난 너를 봐
난 너를 마음속 깊이 느껴
난 네가 누군지 알아:
내 비밀스러운 친구

나에게는 나와 9년이라는 세월을 함께한 곰 인형이 있다. 코도 삐뚤어지고
딱히 귀엽게 생긴 얼굴도 아니지만 함께 지낸 세월을 생각하면 자꾸만 애
착이 가는 그런 곰 인형이다. 가끔은 놀랍게도 내 말을 알아듣는 것 같아서
바보 같지만 이야기를 걸 때도 있다.

A Walk Along the Sundial

111031, Playhouse-이신혜 | In the Woods-이지윤 | 111022, Jade-이신혜 | An Age Old Song-서재원 | 120209, Need-이신혜 | Plugged In-이지윤 | 111205, Lemon Thyme-이신혜 | Fire Extinguisher-이지윤 | 090928, Secrets-이신혜 | Ethereal Will-서재원 | 110117, Amber-이신혜 | When I Met You-이지윤 | 101031, Beloved-이신혜

111031, Playhouse

이신혜

My gaze lies upon a laced linen sheet
that drapes over a grandmother ebony chest
Inside it holds trinkets of age
all glitters and dust among glass drops of green

A mirror that no longer reflects
the true beauty of what used to be
Dried up roses wrapped in yellowed paper crumbling
kiss the silvery sleek under a ripening amber blush

A black-and-white picture of me and you
stays tucked inside a leather book
It sings to me the silent notes of love
and odes of tear-colored storms to come

내 시선은 레이스 장식의 린넨 보로 덮인
중후한 에보니색 서랍장에 머무른다
그 깊은 가슴은 세월이 스쳐간 잡동사니들과 뽀얀 먼지,
그리고 바다 빛 유리구슬의 눈부심을 담았다

한때는 진정으로 아름다웠던 모습을
너 이상 담지 못하는 거울과
노오란 종이에 싸인 마른 장미꽃들이
농후한 석양빛 홍조 아래에 조우하며

두꺼운 가죽 책 속에 무사히 숨어 있는
너와 나를 담은 흑백사진은
내게 사랑의 함구(繊□)한 멜로디와
눈물 바랜 폭풍우의 시를 읊는다

The days we shared, the times we've breathed
they all live an eternal season of undying death
inside our playhouse of memory

우리들이 나눈 날들, 함께 숨 쉬었던 그 시간들은
하나 빠짐없이 모두,
우리들의 죽은 기억의 장난감 집에서
지워지지 않을 영원한 계절을 산다

🍁 digressions

개인적으로 애착을 가지는 시 중 하나이다. 지나간 시절의 값을 매길 수 없
는 소중함, 그리고 먼지 쌓이고 빛바랜 추억들을 다시 손끝으로 더듬어볼
때 느끼는 감정들: 그리움, 아련함, 애틋함…….

이 뒤섞인 감정들을 느끼는 순간에도 내 마음속엔 슬픔과 행복함이 공존한
다. 이렇게 황홀한 모순이 또 어디 있을까.

내가 특별히 좋아하는 시 기법 중 하나가 모순어법(oxymoron)이다. 이 시의
마지막 연에도 eternal season(영원한 계절), undying death(죽지 않는 죽음) 등
의 모순적인 표현들이 사용된다. 비록 봄의 계절처럼 금세 지나가 버린 아
름다운 그때였지만, 우리들의 기억 속에서는 영원히 사라지지 않는다는 점
을 강조하고 싶었다.

In the Woods

이지윤

Turquoise rays of sun splinter
Secure the natura!

Little soldiers gather their sharp grass with dew spear heads
Under them, love of soil cuddles what thumps upon her

Along the wiggling of roots, serried trunks, although abound,
stretch their arms clustering a net to enclose the buried

A wagtail kindly whispers to the above and to the around
calling back the lost innocence, gathering up the vivid green

Mother Nature flows into the march of the soldiers,
in between the loving soil, underneath an arm where the wagtail rests
and how it springs life!

Preserve the beauty and call back the peace
In the woods, lies the kiss

태양의 청록색 빛줄기들이 쪼개진다
자연을 사수하라!

작은 병사들이 이슬 끝으로 장비 된 뾰족한 풀들을 모은다
아래에는 흙의 사랑이 그녀 위를 쿵쿵거리는 것들을 끌어안는다

씰룩이는 줄기를 따라, 많지만 빽빽한 나무의 몸통들이
팔을 뻗어 붙힌 것들을 에워싸기 위한 그물을 짜깁는다.

할미새는 부드럽게 상공 그리고 주위에 속삭인다
잊혀진 순수를 다시 찾으며, 선명한 초록을 다시 모으며

어머니 대자연은 병정들의 행군 사이로 흘러 들어온다,
사랑하는 흙더미 사이로, 할미새가 쉬는 팔 아래로

아름다움을 지키고 평화를 되찾아라
숲 속에는 키스가 있다

🍁 digressions

자연의 싱그러움과 자연의 소중함을 알아야 한다. 나무, 흙, 풀, 새, 시냇물…… 이 모든 것들이 생명을 동반하고 마음을 나눈다. 하지만 우리들은 이미 오래전에 자연과 공존하는 법을 잊어버렸을지도 모른다. 달콤한 키스를 받고 싶다면 우리가 먼저 사랑해야 한다.
* Natura는 이탈리아어로 nature, 즉 자연을 뜻한다.

111022, Jade

이신혜

Jade layers

smarting eyes

I still wish for a chance that

We

find hope

in a breezeless afternoon

of October

겹겹의 옥색에
시린 눈
아직은 희망을 발견할 한 번의
기회를
기다리며
어느 10월의 바람 한 가닥 없는
오후에

 **digressions**

희망이란 것은 시의 영감과 닮았다. 미리 약속을 잡아놓고 찾아오기보다는
예상치 못한 때와 장소에서 맞닥뜨릴 때가 훨씬 더 많다. 너무나도 사소한
것, 교실의 노란색 커튼 뒤에 숨은 아침 해, 혹은 바람에 실려 온 벚꽃 잎
하나에도 세상은 파도치듯 변화할 수 있다.

An Age Old Song

서재원

Talking into the wee hours of the morning

Each moment is the ray and its million golden hues

When a moment reaches the sea it becomes a jewel

like the ocean and its unspoken ripples of history

It silently whispers an age old song of love:

the world is the sun, the sun is the sea and the sea is love

아침의 이른 시간까지 나누는 대화는
각 순간이 햇살과 그 황금빛 색채입니다
그것이 바다에 도달하면 바다와 파도 속의
무언의 역사와 같은 보석을 이루지요
그것은 조용히 속삭여요 사랑의 옛 노래를:
세계가 태양이며, 태양이 바다이고 바다가 사랑이에요

 **digressions**

사랑하는 사람들과 대화를 나눌 때면 시간이 가는 줄 모르고 밤을 새기 마련이다. 그들과 함께하는 모든 순간은 마치 바다 위에서 보석처럼 빛나는 햇살과 같다. 사랑이라는 경이로운 감정은 우주의 태양, 이 세상, 그리고 바다와 같이 태초부터 존재해왔으며 앞으로도 영원할 것이다.

120209, Need

이신혜

I need air to breathe,

some space to be

a dream to seek

and a friend to believe

I want some love to feel

and a hand that's real,

few years of pristine glee

that rests me to heal

I yearn for a time to be

truly me

yet still free

to shine like I'll never cease

to dream

숨 쉴 공기와
있을 수 있는 공간과
좇을 꿈과
믿을 친구가 필요하다

느낄 사랑과
따듯한 손과
나를 회복시킬
순수한 행복이 필요하다

진정으로 나 자신에게
솔직하고
영원토록 꿈꿀 것처럼
빛날 수 있게
자유롭고 싶다

I crave an evergreen soothing breeze,
and the sun's amber gleam
a birch tree to sit under and read
stories and meadows green

I want you who won't leave
who knows all of me,
the intricate contortions down deep,
the weakest sides no one sees,
just me

상록의 산들바람과
호박빛 석양과
푸른 들판의 이야기와
기댈 자작나무가 필요하다

나의 모든 것
깊숙이 엉키고 꼬인 속도
아무도 보지 못하는 약한 면도
다 알고도 떠나지 않을
네가 필요하다

🍁 digressions

살면서 진정으로 필요(need)한 것은 조금 더 예쁜 얼굴이나 새로운 스마트폰이 아닐 것이다. 언제든지 찾을 수 있는 진정한 친구, 자라나는 아이와 눈을 맞추며 웃을 수 있는 여유, 상처와 부족함도 사랑할 수 있는 인생의 동반자 등의 영혼의 필요들이 채워진다면, 비록 세상의 기준으로는 많이 부족한 삶이었다 하더라도 인생의 끝자락에 후회 없이 눈 감을 수 있을 것이다.

Plugged In

이지윤

New age,

soothing melodies that induce memories of old age

R and B,

culminating echo from within that bursts with emotion

Hip-hop,

raps of reality that I am not yet familiar with

Rhapsodies,

harmony among bronze, piano and beyond

Ballad,

stories that soften my heart

Heavy metal,

scratching the world on behalf of myself who is too weak to stand

alone

Scrolling music on iPod I chose what fit my mood

but you, lines barely connected so I can enjoy,

what do you want to hear?

뉴에이지,
그때를 생각나게 하는 편안한 멜로디
R and B
차오르는 마음속 울림의 폭발하는 감정
힙합,
아직은 나에게 익숙하지 않은 현실에 대한 랩
랩소디,
동, 피아노 그리고 그 이상의 하모니
발라드,
내 마음을 뭉클하게 하는 이야기들
헤비메탈,
혼자서기에는 나약한 나를 대신해 세상을 할퀴는

아이팟의 노래들을 주-욱 내리며 나는 내 기분에 맞는 노래를 선택했다
그렇지만 너는, 선만이 간신히 이어져 나를 즐길 수 있게 해주는,

너는 뭘 듣고 싶니?

🍁 digressions

흔히 노래는 사람의 마음을 편안하게 해준다고 한다. 아마 그것은 노래가 사람들의 하루하루 마음들을 대변해주기 때문일 것이다. 어딜 가든 이어폰을 꽂은 사람들이 한가득이다. 하지만 귀를 노래로 막으면 하루하루의 만남들은 어떻게 들을 수 있을까? 가끔은 소통의 문을 열어 놓는 것도 좋을 거라는 생각을 한다.

111205, Lemon Thyme

이신혜

The place where I lie

among clouds of clovers

Dewey licorice winding

and darkness warm as day

I let go of everything I once knew

and close my eyes and breathe

and sigh, and smile

내가 누운 이곳
클로버 구름에 묻혀
이슬 내음 감초 향기가 감돌고
햇살만큼이나 포근한 어둠 속에서
나는 쥐었던 손을 놓고
눈 감은 채 숨을 들이쉬고
내쉬고, 미소 짓는다

🍁 digressions

바쁘게 살아온 인생에서 벗어나 몸도 마음도 완전한 휴식을 취해보고 싶다. 마치 삭막한 아스팔트 도시 속을 쉴 새 없이 달려 다닌 후 발견한 작은 언덕 클로버 무더기 위에 누워 달착지근한 나무향기 속에 잠드는 기분이 아닐까?

Fire Extinguisher

이지윤

When flames burst out
We bring fire extinguishers

When tears burst out
We bring hugs and kisses

When laughter bursts out
We bring pies and tea

When emotions burst out
I long for you

불길이 거세어질 때
우리는 소화기를 들고 옵니다

눈물을 터뜨렸을 때
우리는 포옹과 입맞춤을 가져 옵니다

웃음이 너실 때
우리는 차와 파이를 꺼내 옵니다

감정이 북받칠 때
저는 당신을 찾습니다

미국에서는 burst out이라는 똑같은 구를 여러 곳에 써도 의미가 맞지만 한
국말로 번역하면서 여러 가지 자세한 뜻으로 바뀌어 번역되었다. Bring의
의미도 기본적으로는 '가져오다'이지만 상황에 따라 그 의미는 여러 개가
될 수 있어 의역을 하게 되었다.

090928, Secrets

이신혜

These honey glides are to be kept
only cherished deep inside,
so palm them tightly around your heart
to long within you it may bide

Since once you let the words slip
no sweetness will they longer guide

이 꿀 타래 같은 비밀들은 소중히 숨겨두세요
깊숙한 곳 그 어딘가에만이요
마음속에 단단히 쥐어두세요
당신과 오랫동안 함께할 수 있도록 말이에요

단 한 번이라도 그 말들을 놓쳐 버린다면
더 이상 달콤하지 않을 테니까요

❋ digressions

비밀의 묘미 중 하나는 남들이 모르는 사실을 알고 있다는 짜릿함이 아닐까.
어렸을 때 이 간질간질한 기분이 좋아 괜히 뒷동산으로 올라가는 '비밀' 루트를 개척하고 '비밀' 아지트에서 '비밀' 클럽활동을 하곤 했던 기억이 난다.

Ethereal Will

서재원

Two figures circled about a pond
eyeing each separate reflection
Tension was a smell and anticipation was a touch
and the lines were rugged and sharp
A leaf-its intentions we may never know-
kissed the surface and they merged into one
boundless and whole, by ethereal will

두 사람은 연못 주변을 맴돈다
그들은 연못 안의 상을 주시한다
긴장은 코끝에 기대는 손끝에 맺히고
서로의 라인은 견고하고 날카롭다
나뭇잎의 의도를 우리는 알 수 없지만
그 이파리가 표면과 키스하자 둘은 하나가 된다
하늘의 뜻으로, 무한하고 완전하게

❋ digressions

연못 안의 상이 떨어지는 나뭇잎에 의해 하나가 되는 것과 같이 두 사람의
마음이 마치 하늘의 뜻에 의한 듯 하나가 된다.

110117, Amber

이신혜

Little desires, big dreams
Shallow hopes, deep scars
Love, love, emptiness, love, PAIN, love
Crescendo, decrescendo

The steady tremble of the violin
weave its way through reminiscence

Last time it was
on the film HEARTACHE
Times that never return

My town, my flowers
my first love, the carousel
The children of the church
spring rains and summer showers
Relationships that will never be met again

작은 소원, 큰 꿈
얕은 희망, 깊은 흉터
사랑, 사랑, 허망, 사랑, 아픔, 사랑
크레셴도, 데크레셴도

안정적인 바이올린의 떨림이
추억 사이를 파고든다

마지막으로 봤을 때 그건
영화에, 가슴앓이
돌아오지 않을 시간들

나의 마을, 나의 꽃송이들
나의 첫사랑, 회전목마
교회의 아이들
봄비와 여름 소나기
다시는 만날 수 없는 사람들

Had it been love?

Beating of the heart
Decrescendo

그건 사랑이었나?

심장박동
데크레셴도

사람은 누구나 되돌아가고 싶은 시절이 있을 것이다. 이렇게 그리워할 줄
알았더라면 그때 더 많이 표현하고, 더 많이 기억하고, 더 열심히 사랑했을
텐데 말이다. 그리움은 가끔 이렇게 새벽의 파도처럼 몰아쳤다 잦아들었다
하면서 끊임없이 내게 말을 건다.

When I Met You

이지윤

It is the feeling swarming from the feet to the crown of my head

The blessing wind-another omen to the cave whose exit is not guaranteed

I was loitering on the loop of loneliness, at which salvation sawed at

last as the pair of eyes met mine

You caught me, entangled me like an unknown force only the galaxy

could embrace

There is no vast no verdant field, no bells ringing gloriously right at

the top of my head

It is the moment of tranquility of the surface tickled and flaring

out to wave the heart

One step forth, I left a watermark on a rock that ran from the garden

Oh, the garden, how it fed ancient ruins, old bleak brown and blind

발끝에서 정수리 부분까지 휘감아 올라가는 느낌이야

축복에 가득 찬 바람－출구가 보장되지 않은 또 다른 동굴
에 대한 예언

난 외로움의 고리에서 어정거리고 있었지,

그 한 쌍의 눈이 내 눈을 만났을 때 결국에는 구원이 톱질한
그 고리에서

넌 마치 오직 은하만이 감싸 안을 수 있는 알려지지 않은 힘
으로 날 잡았고, 날 옭아맸어

광활한 들판, 푸르른 들판은 없어, 내 머리 위에서 영광스럽
게 울리는 종도 없지

그것은 수면이 간질여져 퍼지며 가슴을 흔드는 고요한 순간
이야

한 발자국 앞으로, 난 정원에서부터 이어지는 물 자국을 바
위 위에 남겼어

아, 그 정원, 얼마나 고대 유물이 가득하던지, 오래되고 칙칙
한 갈색의 막막함

Where once was a gateway to the garden now blurs as the asphalt
heat hinders sight

Another step won't hurt

그 정원으로 통하는 문이었던 곳은 지금 아스팔트 열기로
흐릿해

앞으로 한 발짝 더 가도 괜찮을 거야

첫눈에 반한 느낌은 어떤 걸까? 머리 위에 종이 울리고 세상이 환해지는
그런 느낌일까? 하지만 뭔가 한 발짝 나아가는 느낌일 것 같다. 과거는 잊
고 새로운 모험을 시작해도 된다는 느낌. 새로운 시작을 알리는 은은한 울
림이 아닐까?

101031, Beloved

이신혜

as the beloved be

as the agonized are

to the veneered

and the wounded

to the bitten

and to those who seek harbor

as the caressed be

as the loved be

사랑받는 사람들처럼
고통받던 사람들처럼
숨어 산 그들
상처 입은 자들과
두려워하는 사람들
그리고 피난처를 찾는 자들에게
어루만져진 사람들처럼
사랑받은 사람들처럼

 digressions

우리는 모두 사랑받을 자격이 있다.

What Life Whispered

Poetry Is Dead

서재원

At night those who are dead would rise from their graves

And roam the streets bellowing "poetry is dead, poetry is dead!"

At the clamor those who live would climb down from their beds

And with heavy lanterns in their hands say "thus you are perished"

밤이 내려오면 죽은 자들은 무덤에서 일어나
거리를 방황하며 소리 지르길 "시는 죽었다, 시는 죽었다"
이 암울한 부르짖음에 산 자들은 침대에서 내려와
무거운 랜턴을 들고 말하길 "따라서 당신들은 죽어 있노라"

🍁 **digressions**

'시'가 없는 인간의 삶은 공허하며 그들은 죽은 것과 다름없다. 하지만 '죽어 있다(are perished)'라는 표현은 이들이 생명을 되찾을 수 있다는 것을 암시한다. 인생의 '시'는 운문뿐만 아니라 우리들의 삶을 풍요롭게 하는 모든 것을 가리킬 것이다.

On the Edge

이지윤

Glued to the terrestrial end
progress was hard to tell

One step forward, I was to fall
One step backward was where I was

Two doors one on each side were closing against me
squeezed by the distance so close,

I breathed in deep

A somber arousal filled me in with fear, terror
Up the sky, imposing clouds stared from their parlor

Down the edge was the wilderness,
an abysmal depth howling

I breathed out

땅의 끝자락에 풀 붙여진 채로
진전은 없다

한 발자국 앞으로 가면, 난 떨어지고
한 발자국 뒤는 내가 있었던 곳

각 측면에 하나씩, 두 짝의 문이 닫았다
너무 가까운 거리에서 조여와,

나는 숨을 깊게 들이쉬었다

서글픈 환기가 나를 두려움과 공포로 가득 채웠다
하늘 위에서는, 압도적인 구름들이 그들의 응접실에서 내려
다보고 있었다

벼랑 밑에는 버려진 땅이 있었다
끝없는 깊이의 울부짖음
난 숨을 내쉬었다

A glimpse of fine thread of gold garnished my hair

It slid downward melting the fear and savoring harmony

The world under me took form, the glimpse that stroke upon me

spread

thousand splashes stretching

I looked from the above for the first time

잠깐의 맑은 금실이 내 머리칼을 장식했다
두려움을 녹이고 조화를 만끽하면서 그것은 미끄러져 내려왔다

내 아래의 세상은 형상을 갖추었고
날 어루만지던 그 짧은 순간은 뻗으며 천 개의 빛줄기로 흩어
졌다

난 처음으로 내려다볼 수 있었다

🍁 digressions

더 이상 갈 곳이 없다고 생각할 때 우리 모두는 포기하거나 새로운 시작을
도모한다. 그 새로운 시작이란 대개 생각의 전환이 없으면 발견하기 어렵
지 않을까? 아무리 힘들어도 그 속에는 희망이 있고 교훈이 있다. Every
cloud has a silver lining이라는 idiom(속담)은 모든 구름에는 은빛 선이 있다
는 것이다. 벼랑 끝에 몰려도 한줄기 햇빛이 용기를 북돋워주는 것처럼 어
떤 상황에서든 긍정적인 면이 있기 마련이다.

10XXXX, Forest House 1

이신혜

With the small, etched key in my hand

And the deep, square bunk at my feet

Pondering over the door I stand

Before I jump in, my decision complete

I land, and this darkness so grand

Nothing to lead me, no one to greet

I feel my way through, my hands growing damp

Until I reach a clearing, and this scent so sweet

Is it my dream house I'm now seeing?

Then I realize, this is what I ultimately seek

Aside all the success and fortune I had been craving

After all, I had to meet

My true self, my ideal being

아롱무늬 새겨진 작은 열쇠를 손에 쥐고
깊고 네모난 지하 굴 언저리에 섰다
문 앞에서 잠시 망설이다
결단을 내리고 뛰어들었다
바닥에 닿자, 이 어마어마한 어둠 속엔
나를 이끌 그 무엇도, 나를 맞이할 그 누구도 없다
축축해진 손바닥으로 더듬거리며 나아가다
따뜻한 향내가 퍼지는 빈터에 도착하니
이것이 내가 꿈꿔왔던 집인가?
그러다 깨닫게 되니, 이것이 궁극적으로 내가 찾던 것
그토록 갈구했던 부와 성공보다도
결국, 나는 진정한 나 자신
나의 이상적인 존재를 만나야 했던 것

🍁 digressions

이 시는 고등학교 1학년 영어 시간에 수행평가로 썼던 시이다. 선생님께서 내주신 과제는 일종의 심리테스트였는데 마음속으로 집 한 채와 숲길을 상상한 후 시로 표현하라는 것이 숙제였고, 바로 이 시가 내가 상상한 집에 대한 것이다. 숲 한가운데에 나 있는 땅굴을 통해 찾아간 나의 작은 집은 크고 웅장하고 으리으리한 저택이 아니고 동화책에 나올 만한 귀엽고 포근한 오두막이다. 초록색 지붕을 얹고 핑크색 창문을 단, 린넨 천으로 만든 커튼과 문가에 있는 화분들이 싱그러운 그런 숲 속 작은 집.
당시 선생님이 밝힌 이 심리테스트의 해석은 이러했다: 내가 상상한 집은 나의 미래의 꿈을 상징한다는 것. 그 해석에 따르자면 내가 꿈꾸는 미래는 아담하고 아기자기한 내 상상 속의 집처럼, 화려하지는 않지만 개인적인 애정과 추억을 많이 담을 수 있는, 마치 고향 같은 삶인 것이다. 비록 남들이 보기엔 별것 아니어 보이더라도 그중에서 소소하되 진정한 행복을 찾을 수 있는 그런 미래를 나는 꿈꾼다.

What Happens to Hopes Unfulfilled?

서재원

Do they coil up in a knot

in cold slumbers of eternity?

Do they fly up in frenzy

and dissipate into obscurity?

Do they leap off a precipice

never to reminisce?

Or do they burn,

never to recoil

그들은 단단한 매듭을 짓고
영원의 차가움 속에 잠드는가?
그들은 허공에서 흩뿌려
망각 속으로 사라지는가?
그들은 벼랑에서 뛰어내려
다시는 돌아보지 않는가?
혹은 활활 타오르는가,
다시는 잊히지 않도록

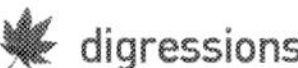 **digressions**

Langston Hughes의 A Dream Deferred를 감상한 후 감명을 받아 몇 번을 꺼
버려도 꺼지지 않는 희망과 열정에 대한 시를 써보았다. 나의 꿈은 잠들지
도, 사라지지도, 그리고 잊히지도 않을 것이다. 대신 그 어느 때보다 강한
열정을 가지고 타오를 것임을 확신한다.

Life

이지윤

Mere belief being a severe mistake

Destination, undefined

Route, unspecified

Motivation, uncertain

Is this what I take, a dream of fake?

Same sceneries in perpetual promenade unpaved

Tall trees tolerating only the taciturnity,

what can I do but to walk in this solitude?

No compunction, no anticipation, so dull

Straying within the world nowhere to be saved

I still wonder when this wander might end

Knowing nothing I would forever wend

어설픈 믿음이 큰 실수로 다가와

목적지, 부정확

노선, 불명확

동기, 불확실

이것이 내가 택한 것인가, 거짓된 꿈?

똑같은 배경이 계속되는 닦여지지 않은 산책로

키 큰 나무들은 침묵만을 허용하는데

난 홀로 걷는 것 외에 무엇을 할 수 있겠는가?

아무런 거리낌, 아무런 기대 없이, 칙칙하게

구원받지 못하는 세상에 떠돌아다니며

난 아직도 이 방황이 언제 끝날까 생각하네

아무것도 모른 채 난 평생 걷겠지

🍁 digressions

내가 잘 알던 길도 이질감이 느껴지는 때가 있다. 우리가 평생 걸어야 할 인생을 확실히 그릴 수 있는 것은 다 살고 난 후가 아닐까?
Wend는 걷는다는 뜻의 옛 영어이다.

A Question

서재원

No matter how ignorant or how intelligent
Every human questions by nature
If there were no questions all life would stop
all change will cease let alone for the better
'human' will be nothing but an empty shell
Thus at any time under any circumstance
No matter, no matter how childish and stupid
We must constantly inquire after the answers

아무리 어려도 아무리 박식해도
질문은 누구나 있기 마련이다
질문이 없다면 삶은 멈추고
발전 먼저 변화 역시 멈출 것이며
인간은 껍데기에 지나지 않을 것이다
고로 언제라도 어떤 상황이라도
아무리 유치하고 아무리 바보 같더라도
끊임없이 질문하고 해답을 찾아야 한다

digressions

시에 표현한 그대로 인간의 모든 발전은 질문으로부터 시작됐다. 좀 더 나
은 삶을 위해, 더 발전된 사회를 위해 우리의 조상들도 질문을 했고 우리도
매일 질문을 한다. 이 시는 언제나 의문점을 가지고 깨어 있는 상태로 살아
가고 싶은 나의 의지를 담아낸 시다.

On the Morrow

서재원

Nothing gold can stay

Mourning so they say

Spring's verdant shower

Is a shadow of an hour

But hush all sorrow

For on the morrow

Crowned with past ray

Will be the fruits of today

아름다운 것은 머물지 않는다고
그들은 오열하며 말한다
봄의 푸르른 소나기는
지나가는 시간의 그림자일 뿐이라고
그러나 눈물을 거두라
내일의 아침이 오면
과거의 찬란함을 안은 것은
오늘의 결실이 될 것이다

🍁 digressions

Robert Frost의 Nothing Gold Can Stay는 간단히 말하자면 아름다움의 유한성에 대해 노래한다. 나는 이 시를 읽고 깊은 감명을 받았지만 대신 오늘의 노력이 내일의 결실이 된다는 희망적인 내용을 담은 시를 써보았다. 결국 현재의 아름다움은 미래의 찬란함으로 보존될 것이다.

100301 J, 120720 Me

이신혜

Now leave every bit of trash behind

because they're not even worth remembering

Now go spread your wings strong and wide

because you're free with no chains attached

모든 쓰레기는 뒤에 남기고 떠나라
더 이상 기억할 가치도 없으니까

이제 가서 하염없이 날개를 펼쳐라
더 이상 구속 없이 자유로우니까

🍁 digressions

이 시를 처음에 썼던 것은 2년 전의 일이었는데, 최근에 책의 출판을 위해
지금까지 썼던 시들을 쭉 살펴보다가 새로운 사실을 깨달았다. 그때 다른
사람을 위한 염원이었던 이 시가 현재에는 나 자신에게 건네는 위로와 격
려의 말이 되었다는 사실을.

When I Grow Up

이지윤

When you grow up,
she said, what do you want to be?

The pink curtain gently blowing overneath, I answered
What do I want to be?

Window open,
sparkling sunlight scattered with the verdant green of a tall tree
Yes, when you become bigger-a grown up, What do you want to be?

Fidgeting fingers not nervously but rather calmly around a clay ring,
I answered,
Huge?

Then I thought, If I grow humongous, horses I will outrun and
hawks I will outreach
I'll walk around the globe
But what will I be?

네가 크면,
그녀는 말했다, 넌 뭐가 되고 싶니?

분홍색 커튼이 위에서 가볍게 흩날렸고, 난 대답했다
내가 뭐가 되고 싶으냐고요?

창문은 열려 있었고,
반짝이는 햇빛은 큰 나무의 푸른 초록으로 흩뿌려졌다
그래, 네가 더 크게 되면―어른이 되면, 뭐가 되고 싶니?

초조함 대신 침착함으로 점토 반지 주위에 손가락을 꼼지락거리며,
나는 대답했다
크게?

그리고 난 생각했다 내가 엄청 커진다면, 말을 앞지를 것이
고 독수리를 향해 뻗을 수 있을 것이다
난 전 세계를 돌아다닐 것이다
그렇지만 난 뭐가 될까?

Watching the stars spangling sanguinely,

still a hard question,

What do I want to be when I grow up

별이 생기 있게 반짝이는 것을 보며,

아직도 어려운 질문,

내가 크면 뭐가 되고 싶을까

어릴 적 안겨진 숙제를 아직까지 못 풀었다면 사람들은 바보라고 할지도
모르지만 그 숙제가 진로라면 모두 이해할 것이다. 어린 시절 유치원에서
의 고민을 다시 생각하는 것도 좋은 자아성찰의 계기이다.

People Who Fall In Love With Math

서재원

There are people who fall in love with math

Most of them previously loved literature

Beautiful prose that evokes tears like polished pearls

Why do humans live, to be or not to be is still the question

For a while thus they live rapt in the mystery of poetry

until they come face to face with suffering in their own lives

From here the answer seems to be there, from there, here

They keep running in circles until they let out a desperate cry

If only all the problems in the world were simple calculations

If only these problems were clean cut and well contained as such

Thus they turn, literature facing the back, toward math, but

If there is only one thing that they do not know,

Mathematics also carries questions without an answer

수학과 사랑에 빠지는 사람들이 있다
그들 중 대부분은 이전에 문학을 사랑했다
아름다운 산문 진주 구르듯 눈물을 자아내는 시
인간은 왜 사는가, 사느냐 죽느냐 그것이 문제로다
얼마 동안 이리 심취해 살다가 그들은
자신들의 삶에서 맞닥뜨린 문제들에 고뇌한다
이리 보면 해답은 저쪽에, 저리 보면 해답은 이쪽에
돌고 도는 사냥의 끝에 그들은 끝내 절규한다
세상의 모든 문제가 계산 문제였다면
군더더기 없이 딱 떨어지는 수리 문제였다면
하며 수학을 향해 등을 돌리지만
그들이 모르는 것이 하나 있다면 수학 역시
풀리지 않는 문제를 품고 있다는 것

🍁 digressions

'1+1'은 2라는 분명한 답이 있지만, 사실 수학에도 풀리지 않는 문제는 많
다. 이처럼 겉보기와는 다르게 우리 인생에도 그 어떤 학문에도 명료한 답
이 있는 경우는 드물다. 즉, 살면서 풀리지 않는 문제들과 골치 아픈 점들
이 한두 가지가 아니지만 많은 경우 이는 어쩔 수 없기에 인내하며 사는
방법밖엔 없을 수도 있다. 그 점에 대해 생각해보면서 시를 썼다.

120109, Pandora

이신혜

Looking up at a luminescent sky of crescent blue

beside crisp silhouettes of infinite umbrae

I breathe the vastness where stellar streams run through

trace the tails of celestial fireflies of somnolent glee

I now remember the heaven we almost knew

and the fatal papercuts of vain chivalry

I sigh for the dreams that broke open like crystal bane

I weep with the memories of a future that never came

그믐달마냥 푸르게 빛나는 하늘을 올려다보며
나는 끝없는 칠흑 그림자의 칼날 같은 실루엣 옆에 선다
별들의 시냇물이 흐르는 광활함을 숨 쉬고
꿈꾸는 듯이 즐거운 하늘 반딧불의 꼬리를 눈으로 쫓는다
이제 우리가 거의 알았던 천국과
헛된 기사도의 치명적인 상처를 기억한다

유리알 독배(毒杯)처럼 부서져 버린 꿈들을 위해 나는 한숨 쉬고
오지도 못한 미래에 대한 기억들로 흐느낀다

🍁 digressions

2010년에 대박을 터트렸던 영화 아바타(Avatar)의 공간적 배경인 판도라
(Pandora)와 사랑에 빠졌었다.
그러나 판도라는 그토록 아름다운 곳임에도 불구하고, 그 땅 위에서 일어나
는 일들은 아름답지 못하다. 이 행성의 불청객인 인간들은 자신의 욕심을
채우기 위해 원주민인 나비(Na'vi)족을 삶의 터전에서 몰아내고, 심지어는 그
터전마저 파괴한다. 지구의 언어를 몰라도 부족함 없이 행복할 수 있는 나
비족에게 '공존과 화해의 제스처'로 영어를 가르치는 학교를 세우는 인간의
모습도 보기 불편했다. 마치 식민지시대의 '백인의 책무(White man's burden)'
와 같은 헛된 정의감(vain chivalry)이 아닌가 싶었다. 이처럼 인간 없이 아름다
울 뻔했던 판도라의 모습을 '거의 알았던 천국(the heaven we almost knew)', '오
지 않은 미래(future that never came)'로 표현해 나의 아쉬운 마음을 내비쳤다.

Birth

서재원

0

womb

pain

gulp

cry

1

0

자　　궁

통 증

호 흡

울음

1

탄생이란 인간이 무존재의 상태에서 하나의 생명으로 자리 잡는 과정이다.
아기가 자궁에서 세상 밖으로 나오는 그 짧은 시간 무에서 유가 창조되며
0은 1이 된다.

Life

서재원

muh-ma love ego sickness marriage boy satisfaction pride

pa pa work dying homeless our house girl regret?

mommy daddy talk pleasure growth baby! hunger aspiration

morality achievement security danger prejudice self-esteem acceptance

엄-마 사랑 자아 질병 결혼 소년 만족 자존심
아……빠! 직업 죽어감 노숙 우리 집 여자 후회?
엄마 아빠 토크 쾌락 성장 아기! 배고픔 포부
도덕성 성취도 안전 위험 편견 자존감 수용

✻ digressions

태어나서 처음으로 부모님을 불렀을 때부터 죽음에 임박할 때까지 인간은
무수히 많은 감정을 느끼고 경험을 하게 된다. 그중 과연 가장 의미 있는
것들은 무엇일까?

Death

서재원

1

grief denial struggle

confusion panic

preparation calm acceptance

friends love family

period

0

1

슬픔 거부 투쟁

혼란 공포

준비 진정 받아들임

친구 가족 사랑

마침표

0

🍁 digressions

죽음이 다가오면 누구나 슬프고 절망할 것이다. 하지만 자신을 돌아보고 주변 사람들에게 감사를 표현하면서 마지막 준비를 하다 보면 진정이 될 것이며 아름답게 삶을 마감할 수 있을 것이다. 두 팔을 벌리고 누워 인생의 마감을 받아들이는 사람은 사랑하는 이들 사이에서 탄생 이전과 같은 무존재의 상태로 떠날 준비를 한다.

111031, Red

이신혜

Pounding at my head

that tells me no, you can't

Tells me that heaven

is too far to reach

Bullet through my brain

warns me, wrong way

you've come a bit too far

to go back or stop

Blow to my chest

whispers, kneel

kneel and cry and curse

kneel and the soil underneath you

shall write new history

머릿속의 북소리가 말하기를
안 된다, 불가능한 것이니라
천국은 이미
네 손끝을 피해 갔도다

머릿속의 총알이 경고하기를
잘못된 길이라
되돌아가거나 멈추기엔
너무 많이 와버렸도다

가슴의 충격이 속삭이기를
꿇어라
무릎 꿇고 울부짖고 저주하라
무릎 꿇고 네 발 밑의 대지가
새로운 역사를 쓰는 것을 보라

Tears in my eyes

bears fruits of emotion

and clears the haze from

the endless road to come

내 눈에 맺히는 이슬은

감정의 열매를 맺고

끝도 없는 앞길에서

안개를 거둔다

 **digressions**

어디로 가야 하는지, 얼마나 가야 하는지, 심지어는 가야 할지 말아야 할지
조차 모르겠는 때가 있다. 가끔 그런 난관에 부딪히면 잠시 주저앉아 한바탕
울어버리는 것도 나쁜 해결책은 아니다. 한 치 앞도 보이지 않는 어둠이라
생각했던 것이 알고 보면 내 눈 위의 눈가리개였을 수도 있으니까 말이다.

Just So you Know

이지윤

Yes, I screwed up the test,

just so you know

Yes, I fought with my friends

just so you know

I read a book, Great Expectations

Expectations do not seem to give back,

just so you know

I thought we could have a talk-not about scores,

but about my life

네, 전 시험을 망쳤어요
그냥 그렇다고요

네, 저 친구들이랑 싸웠어요
그냥 그렇다고요

책을 읽었어요, 위대한 유산이라는
기대들은 보답하지 않더군요,
그냥 그렇다고요

전 우리가 점수가 아닌 제 삶에 대한
얘기를 할 수 있을 줄 알았어요

Yes, I needed some solace,
you wouldn't know

Just a pat on the back
I would have known

네 위로가 필요했어요

당신은 몰랐겠지만

등에 토닥임 하나로

전 알았을 텐데요

중학교 때 쓰던 나만의 비밀 일기장을 되돌아보면 내가 언제 이런 걸 썼나 싶을 정도로, 속된 말로 오글거리는 문장들이 즐비하다. 가족 관계라든지 친구 관계라든지 모든 걸 이런 시각으로 봤구나 하면서도 문득 지금 나 자신이 그렇게 많이 변하지 않았다는 것을 느낄 때, 나는 아직 어리광을 부리는 아이라는 것을 깨닫는다.

* Great Expectations: Charles Dickens가 쓴 고전소설. 18세기 빅토리아 시대를 배경으로 Pip이라는 노동계급 아이가 신사가 되는 이야기가 주 줄거리이지만, Pip은 자신이 가졌던 기대—신사로서의 삶에 대한 기대—가 현실과는 전혀 다르다는 것을 깨닫고 신사의 꿈을 접는다.

10XXXX, Forest House 2

이신혜

Not a paved road, neither decorated with cobblestone nor slate

Rather, lightly packed with the footsteps of a ginger doe and its sugary fawn

The stream gurgles like a joyous cherub, its rhythmic songs chimed with bluebirds

As they chatter on with their own language, singing songs I've never heard before

The jasmine scent, sweet and spiced, harmonizes with the sun-colored buzzing in the air and

Overhead, the trees are leaf-green; the playful willows finger my hair as I venture its home

The sun grants its radiance upon me, the touch of its grace imbues my soul

I don't know where this path will lead me, but pleasantness fills my heart as I tread on

For it is my desired place am I heading to, no doubt that I will survive

자갈로도 타일로도 꾸미지 않은 촉촉한 흙내 나는 이 오솔길은
분명 생강색 사슴과 그의 꿀빛 새끼의 연한 발굽들이 밟아 다졌으리라
기쁨에 찬 아기 천사처럼 까르륵거리는 시냇물 소리가 파랑새의 휘파람과 화음을 이루고
그들은 모두 저만의 언어로 속닥거리며 생소한 멜로디를 노래한다
달콤하고 아릿한 재스민 꽃향기가 햇살의 색을 닮은 벌 날갯짓 소리에 스며들고
연둣빛으로 물든 나무들은 내 머리 위로 고갯짓하며 버드나무는 장난스레 침범자의 머리카락을 헝클인다
해님은 내게 눈부신 빛을 허락하고, 나의 영혼이 그 은혜로운 손길에 위로받을 때
내가 끊임없이 걸어가는 이 길의 끝이 어디인지도 모름에도 행복함이 내 혈관을 타고 흐르는 것은
분명히 내가 소망하는 그곳으로 걸어가고 있음을, 내가 살아남을 것을 이미 알기 때문이리라

🍁 digressions

이 시는 forest house 1과 마찬가지로 학교 수행평가로 썼던 시이다. 다시 기억을 환기시키자면 숲길은 삶에 대한 나의 태도를 상징한다. 나 홀로 걸어가는 이 숲길의 끝에 무엇이 기다리고 있을지는 모르지만, 지금 나를 둘러싸고 있는 이 아름다운 자연 덕분에 가볍고 설레는 마음으로 이 숲길을 걸어갈 수 있듯이, 이처럼 아직은 정해진 것 없고 막막한 미래이지만, 결국 행복해질 것을 내가 믿기 때문에 하루하루 살아남을 수 있는 것이다.

Remorse

서재원

People are naturally paradoxical

Though blind to their own follies

they are prompt and eager to find

the most trivial fault with another's actions

They too are aware of this pathetic trait

that some even try to alter the unalterable

But human nature remains unchanged

But again, people can feel remorse

Because they are imperfect they lose their temper

Or even lose their grip on logical thought

There exist some who are thus incapable

But even at this moment I feel

Regret, remorse, and hope for a new start

인간은 정말로 모순투성이이다
자신의 잘못은 눈에 들어오지 않아도
남의 행동거지 하나하나는
삐딱한 시선으로 흠을 찾는다
그들도 이 한심한 사실을 알고 있어
혹자는 바뀌려고 노력하기도 하지만
인간의 본성인 건지, 쉽게 되는 법이 없다

그렇다고 미안함을 느끼지 못하는 건 아니다
인간은 완벽할 수 없기에 감정에 휩쓸리고
비이성적인 행동을 후회하기도 한다
물론 잘못이 있다는 것 자체를 인식 못 하는
구제할 수 없는 부류의 인간도 있지만
나는 지금 이 순간에도 느끼고 있다
후회와 반성과 발전을 위한 희망을

❋ digressions

남의 부족한 점을 흉보다 보면 나도 그와 똑같은 행동을 할 때가 있다는 것
을 자각하고 창피해질 때가 있다. 하지만 이를 반성하고 발전의 발판으로
삼는 것이 중요하다. 이 시는 친구와 다툰 후 나의 행동을 돌아보며 반성했던
기억을 떠올리며 앞으로는 그러지 않겠다는 다짐을 하면서 쓰게 되었다.

Snow

이지윤

Each step forward leaves its depth tantamount to the mass of reality

puff puff

Every tentative step pushed by one's realization of ······

puff

한 발자국 앞은 현실의 무게감과 똑같은 깊이를 남긴다
푹 푹

모든 망설이는 걸음은 그것에 대한 깨달음으로 실현된다,
푹

학교가 파하고 집에 돌아가는 길에 눈이 뽀얗게 쌓였었다. 입시 걱정에 한
걸음 진로 걱정에 한 걸음 부모님 생각에 또 한 걸음 그 한 걸음 한 걸음들
이 내딛는 소리가 그날따라 무거웠다.

Setting Emotions

Dream-이시윤 | 120722, For the Hundredth Time-이신혜 | Emoted Hanker-이지윤 | Something Called Love-서재원 | 111028, Honey-이신혜 | Chapstick-이지윤 | 11XXXX, Act-이신혜 | Hunger-이지윤 | 111104, Does It?-이신혜 | I Am a Fire, You Are the Wind-서재원 | Walking On-이지윤 | 111026, Grinch-이신혜 | Death-이지윤

Dream

이지윤

Bereaved ones do not let go

It is the droplets of candle wax on the sixteenth birthday cake,

feeble hand trembling on a deathbed,

vanishing chiffon on the edge of blossoms, and the

velvet sash that hid behind the curtain

Visions blur reaching only to meet yet another distance in between

Avoid all hopes

Pride the fear you are yet to overcome

Inspired by imageries delivered by night

Drive into despair that won't be repaired

Close your eyes: the sunrise will sweep your heart with agony

남은 자들은 놓아주지 않는다
그것은 열여섯 살 생일 케이크의 촛농,
임종에서 떨리는 연약한 손,
꽃이 피는 끝에서 사라지는 시폰, 그리고
커튼 뒤에 숨은 벨벳 띠이다

시야는 흐릿해진다 앞을 보려 노력하지만 앞으로의 거리를
마주할 뿐이다
희망을 피해라
앞으로 극복하게 될 두려움을 자랑스럽게 여겨라
밤이 보내온 형상들에 영감 받아
나아지지 않을 절망으로 뛰어들어라

눈을 감아라. 일출은 심장을 고통으로 쓸고 갈 것이다

정말 행복했는데 일어나보니 꿈이었다. 그런 꿈들은 악몽이다. 요즘에는 손끝
에서 잡힐 듯 말 듯 사라져 버리고 마는 꿈들 때문에 자꾸 늦잠을 자게 된다.

120722, For the Hundredth Time

이신혜

Yes, you hadn't said a thing
Yes, I hadn't asked anything
Yes, you pretended that you pretended nothing
and yes, I believed it that much, I guess

Yes, you seemed to easily clutch
without a pinhead of guilt
and it brought gingersnaps down my spine
in golden showers of blissful disbelief
Yes, I swear,
my heartbeat was barely mine

But no, you never told me a thing
No, all things were mine to discover
No, you weren't troubled the least
and your nonchalant arrogance
your shameless joviality
it stayed
it stays

네, 당신은 아무 말도 하지 않았죠
네, 전 아무것도 묻지 않았죠
네, 당신은 진실한 척하지 않는 척했었죠
그랬죠, 전 그걸 다 믿었나 봐요

그래요, 당신은 단 한 숨결의 죄책감도 없이
그리도 쉽게 날 붙잡았었죠
그럴 때마다 난 신경을 타고 흐르는 전율과
황금빛 황홀한 의심 속에 취했었죠
네, 인정할게요,
제 심장은 간신히 제 것이었죠

하지만 당신은 아무것도 말해주지 않았죠
아니요, 모든 건 제가 알아내야 했죠
그런데도, 그런데도 당신은 전혀 동요하지 않았었죠
그리고 당신의 태연한 거만함은
부끄러움 없는 쾌활함은
그대로
그대로.

No, my heart lost the dream it never saw

and no, it's not easy to become

just alright again

like that, no, but you wouldn't know

그랬죠, 제 심장은 보지도 못한 꿈을 잃었죠
그리고 아니요, 절대로 쉽지 않아요
그런 식으로 금세
괜찮아지는 게, 하지만 당신은 모르시겠죠

🍁 digressions

대놓고 요구하지 않았다고 해서 인간과 인간 사이에서 기본적으로 지켜야
할 최소한의 매너조차 지키지 않는 것은 비겁하고 치졸한 짓이다. 자신에
겐 그 경거망동한 행동이 가벼운 마음으로 내던진 성냥 한 개비였겠지만
그 불씨를 가슴에 받아 요란하게 빛나며 터진 후 혼자 차갑게 식어가는 폭
죽의 마음은 누가 위로해줄까?

Emoted Hanker

이지윤

There are times you look back in hopes of meeting the pair of eyes
which you yearned for so long and there are times that you forgot the
time you started to long for it

Those times are only to be followed by facing of a back instead of
eyes you yearned for so long
Still, hope never quit

And there is a box called might
A box that will never open but will constantly remind one to split
it open

그런 때가 있습니다, 당신이 그토록 오랫동안 바랐던 그 한 쌍
의 눈을 바라볼 수 있다는 희망을 가지고 뒤돌아보는, 그리고 그런
때가 있습니다, 당신이 그 만남을 바라오기 시작한 때를 잃어버린

그때들은 오랫동안 바랐던 눈을 바라보게 되는 것이 아니라
등을 바라보는 것으로 이어지게 됩니다
그렇지만 희망은 포기하지 않습니다

그리고 그곳에는 혹시라는 상자가 있습니다
절대 열리지 않을 상자이지만 자꾸만 쪼개어 열어 보라고
상기시키는

🍁 digressions

Emoted는 '드러난, 과장된'이라는 뜻을 가지고 있고 여기에서는 동사
emote에 과거형 -ed가 붙었으므로 adjective(형용사)의 역할을 수행하여야 한
다. 그렇지만 이 시의 제목은 emoted hanker로 형용사 뒤에 동사 hanker(갈
망하다)가 온다. emoted hanker를 직역하면 '숨길 수 없는 갈망하다'라는
뜻이 되는데, 시 속에서 느껴지는 감상을 제목에 반영하였기 때문에 제목
에 문법적 오류가 있다.

Something Called Love

서재원

Something called love is like the air,

That substance essential and hard to catch

And living without love is like being left bare

It conquers all evil before they hatch

That vital emotion calms the depressed

Like a mother calms her child

The most indifferent man will be impressed,

Upon meeting that affection which is wild

Love seems tender but often is formidable,

Luring men to its intricate prison

Its powers are unimaginable,

Unable to be defeated once it has risen

Something called love is like a toadstool,

Charming, gentle, sweet, but cruel

사랑이라는 것은 마치 공기와 같아
꼭 필요하지만 붙잡기 어려운 것이다
그것은 악의 태동 전에도 정복하며
이 없는 삶은 발가벗겨진 고아의 밤과도 같다
그 핏줄 같은 감정은 어머니가 아이를 잠재우듯
어둠 속에 사는 자들을 위로하며
거친 황야를 닮은 사랑을 만난 자는
제아무리 무심하다 해도 눈물 흘릴 것이다
사랑은 부드러워 보여도 강렬한 유혹으로
인간을 옭아매는 덫이 되고
그 상상할 수 없는 능력과 권세는
한 번 날개 피면 죽일 수 없다
사랑이라는 것은 마치 독버섯과 같아
매력적이고, 아름답고, 달콤하고, 잔인하다

❋ digressions

중학생 때 학원에서 모방시를 쓰는 수업을 할 때 쓴 시다. 모성애와 같이
사랑은 때때로 한없이 따뜻하지만 많은 경우 잔인하고 냉정하다. 마치 독
버섯처럼 아름답기도 하지만 위험한 사랑이라는 감정의 무한한 힘에 대해
생각해보았다. 지금도 마찬가지지만 사랑에 대해 아는 것이 적은 것치고는
다방면에서 접근한 것 같다.

111028, Honey

이신혜

Let our fleeting glances meet in gazes, honey

Let our two-second encounters grow to greetings, honey

Let our monotonous banters bloom into conversations, honey

But honestly, honey,

the evanescent glances and expressionless encounters

and the occasional words we share,

They're more than enough to make my heart melt down

like honey

우리들의 흩날리는 시선들이 만나 바라보게 해요, 허니
우리들의 우연적인 마주침이 인사로 자라게 해요, 허니
우리들의 의미 없는 말장난이 대화로 꽃피게 해요, 허니
하지만 사실은요, 허니,
그 순식간의 시선들과 표정 없는 마주침들,
우리가 가끔 나누는 그 몇 마디는
내 심장을 녹아버리게 하기엔 충분해요
마치 꿀(honey)처럼요

digressions

누군가를 좋아하게 되면 작은 행동, 스쳐 지나가는 눈짓 한 번조차 쉽게 생
각하지 못한다. 그렇게 사소한 일에도 설레고 행복해하는 자신의 모습이
조금은 안쓰럽게 느껴질 때도 있을 것이다.

Chapstick

이지윤

Strawberry and apple were the flavors
but between them, You were the one

Ever since the still cold day of April lounge where rowdy crowds chilled
No, since the sound solidarity of studying students,
Actually, since the relative inclusiveness between us in cafeteria
I remember the scent: flavor of cotton candy and pink
but red

You were there and another you were there all together
I needed You: from the first place it was the strawberry not apple

Took me the second round to sight what I really sought
Crying on the roof was not high enough to reach you
I remember the mingling taste of salty Petrolatum
running down throughout and through the throat to the heart

Deep sanguine flavor

딸기와 사과가 그 향들이었지
그렇지만 그중에서는, 너였어

아직 쌀쌀한 날의 소란스러운 군중이 시간을 보내는 삼월
라운지에서부터
    아니, 공부하는 학생들의 조용한 연대 속에서부터
    사실은, 급식소에서 우리 사이의 상대적인 가까움에서부터
    나는 그 향을 기억해: 솜사탕과 분홍의 맛
    그렇지만 빨간

넌 거기 있었고, 또 다른 너도 거기 함께 있었지
난 널 필요로 했어: 처음부터 사과가 아닌 딸기였던 거야

두 번의 시도 후에 난 내가 진정으로 찾던 것을 볼 수 있었어
지붕에서 우는 것은 널 잡을 만큼 높지 않았어
식도와 심장을 따라서 내려가고 퍼지던
페트롤라툼이 어우러지던 그 맛을 기억해

That sweet fruit was another you but apple was not strawberry

Just a make-believe: It wetted my lips but not my heart

When the I lost apple stick next April I bought strawberry chapstick

Then, I didn't cry

깊고 붉은 맛

그 달콤한 과일은 또 다른 너였지만 사과는 딸기가 아니야
그저 환상이었을 뿐: 그건 내 입술은 적셨지만 내 심장은 아
니었지

다음 삼월 내가 사과 맛 스틱을 잃어버렸을 때, 난 딸기 챕스
틱을 샀어
그리곤 울지 않았어

🍁 **digressions**

만남과 이별은 항상 후회를 동반하지만 곧 깨달음도 따라온다. 그렇게 몇 번
씩의 노력을 통해 우리는 성숙해기는 것이 아닐까? 사과 맛 챕스틱과 딸기 맛
챕스틱 두 개의 종류 중에 나에게 더 맞는 걸 찾으려면 둘 다 경험해봐야 한다.
Sanguine은 강렬한, 핏빛의, 붉은 등의 여러 뜻을 가지고 있다. 주로 피와 연
관이 많아 강한 느낌을 주는 단어이지만 동시에 활발함을 의미하기도 한
다. 여기에서는 핏빛의 느낌과 함께 붉음을 표현하기 위해 쓴 단어이다.

11XXXX, Act

이신혜

Desires untold, like an old love letter

stored away in the deepest of chests

Once the core of your heart but now,

it's just an old guitarist with no song requests

Is it fear of heartache and reminiscence

that might bring an unending throbbing?

A rush of emotions so rusted and bleached

it only leaves you sobbing?

Is it the shyness of opening up or

is it being afraid of

not being good enough?

아무에게도 보여주지 않은,

서랍 깊숙한 곳의 귀퉁이 노란 연애편지처럼

숨겨두었던 염원들

한때는 너의 굳센 심장이었다지만, 지금은

바람도 찾지 않는 낡은 음악가일 뿐

끝없는 서러움의 문을 두드릴

속앓이와 그리움에 대한 걱정 때문인가

너무 빛바래고 녹슬어 마냥 흐느끼게 하는

그 잔인한 감정의 파도 때문인가

네 속내를 열어 보이는 것에 대한 부끄러움, 혹은

너 자신이 충분치 못함에 대한

두려움 때문인가?

✳ digressions

나의 가능성의 부족이 들통 날까 두려워 자신에게도 솔직해지지 못한 경우가 있다. 지금 생각해보면 내가 아직 굳지 않은 찰흙 덩어리였을 때 조금만 용기를 냈더라면 조금 더 크고 아름다운 도자기로 빚어질 수 있지 않았을까, 하는 아쉬움이 있다. 그러나 지금이나마 조금씩 부끄럼을 벗어내고 꿈을 펼쳐가는 나의 모습이 어색하긴 해도 대견하다. 아직은 늦지 않았다고 믿고 싶다.

Hunger

이지윤

Hunger-aching of the belly, I can bear

and with some food later on I will survive

But what can I do if it is my heart that suffers from hunger,

can I ensure the supper of love?

배고픔 – 위의 아림, 내가 견딜 수 있는 것
그리고 조금의 음식으로 난 견딜 것이다

하지만 마음이 배고프다면,
내가 사랑의 끼니를 때울 수 있을까?

한밤중에 치킨이 너무 먹고 싶었다. 그래서 주문을 했다. 그렇지만 행복한
가정, 사랑하는 사람의 마음은 밤늦은 시간에 힘들다고, 외롭다고 주문할
수 있는 것이 아니다. 세상에는 그런 사람들이 있다 – 우리가 받는 사랑이
그들에게는 주어진 것이 아닌.

111104, Does It?

이신혜

Does it mean anything to you?

The short moments when your eyes hold mine,
times when I turn and find you in the spot my heart knows
the mutual silence in the air when we brush by,
and the rare hours that we are able to live the same clock

Does it?
Does it mean anything, at all, to you?

너에겐 아무 의미도 없니?

나의 시선이 너의 눈동자에 담기는 짧은 순간들이,
생각 없이 돌고서 내 심장이 기억하는 그 장소에서 널 찾는
우연들이,
서로 숨죽여 지나칠 때 공기에 감도는 고요함이,
그리고 같은 시간 속에 숨 쉴 수 있는 흔치 않은 기회들이,

정말 그런 거니?
너에겐 이들이, 그 어떤 의미도 없는 거니?

✿ digressions

가끔은 나에겐 굉장히 큰 의미를 가지는 일이나 시간들이, 정작 그것들을
특별하게 만들어주는 당사자인 그 사람에겐 아무 의미도 없다는 사실을 깨
달을 때가 있다. 그때마다 가슴 아프고 조금 서운하기도 하지만 나도 알고
있다. 나 자신도 충분히 이해하지 못하는 이런 감정들과 모두 공감해주길
바라는 건 이기적인 일이라는 걸.

I Am a Fire, You Are the Wind

서재원

I am a fire, you are the wind

When weak and wavering

A mere wave could kill my flame

But gentle as you were and warm,

Each breeze kindled the core of my heart

Your caresscs fed and I matured

Consuming your love with a rosy tongue

At last your zephyr has set me ablaze

A wildfire burning a triumphant white

Now no wind-no gust, no gale-

Can hinder, alter, or bid me quell

I will burn ever so powerfully

An undying flame forever in the wind

나는 불이며 당신은 바람입니다
제가 나약하고 흔들릴 때는
조그만 바람이 불꽃을 죽일 수 있었지만
당신은 따뜻하고 부드러웠고
몸짓 하나하나가 불씨를 돋웠다면
손길 하나하나는 이를 길들였습니다
저는 장밋빛 혀로 사랑을 받아들였고
마침내 저는 승리의 백색으로 빛나는
야생의 불길로 타올랐습니다
더 이상 그 어떤 바람이라도
이를 막거나 바꾸거나 잠재울 수 없습니다
저는 강하게 그리고 영원히
바람 속에서 타오르는 불꽃이 되었습니다

❋ digressions

작은 불꽃은 단순히 입으로 약한 바람을 불어도 쉽게 꺼진다. 하지만 같은 바람으로 불을 돋워 타오르게 된 불꽃은 쉽게 꺼지지 않는다. 이처럼 바람은 불꽃을 죽이기도 하지만 지피기도 하고 때로는 산불의 길잡이가 되기도 한다. 이 시는 이러한 바람과 불의 이중적인 속성을 고려해 한 사람의 영원한 열정과 그것을 불러일으키는 것에 비유했다.

Walking On

이지윤

Walking,

looking downward on glass street

Transparent yet too glassy to fully interpret the image,

What is down there I don't know

What is down there I want to know

But never can I break the road for I have to keep walking

Afraid of falling

I decide to keep walking,

looking down

걷는다,

유리길 위에서 아래를 보며

투명하지만 너무 희끗해서 완전한 이미지는 보이지 않고

밑에 뭐가 있는지 난 모른다

밑에 뭐가 있는지 난 알고 싶다

그렇지만 계속 걸어야 하기에 길을 깰 수는 없다

떨어지는 게 무서워

난 계속 걸어가기로 한다,

아래를 보며

 **digressions**

Glassy라는 말은 여러 뜻이 있는데 여기에서는 having physical properties of glass(유리의 특성을 가진, Oxford Dictionary)의 뜻이다.

111026, Grinch

이신혜

Cold floors and sky-blue sunlight

winters that I miss the most

Emotions hidden and locked inside

fast feet, half-lit corridors

And the reason that my eyes

just couldn't meet yours

was that my broken, healing, yet again shattered heart

needed more than courage to

Love

차가운 대리석 바닥과 하늘빛 햇살
가장 그리운 겨울들
숨겨지고 가둬진 감정들
빠른 발, 반쯤 빛 든 복도
그리고 나의 시선이 도저히 너의 눈을
만나지 못했던 이유는
나의 깨지고, 아물고, 또다시 부서진 가슴이
용기만으로는 사랑할 수
없었기 때문

❉ digressions

추워서 코끝이 찡해지고 뜨거운 물을 머그컵에 담아 손을 데우던 겨울날들,
창밖으로 쨍하니 맑은 하늘과 그 설레던 마음. 나에게 개인적으로 그 춥던
계절이 기억에 남게 해준 그 애는 내가 생각했던 사람이 아니었지만 그건
별로 중요하지 않다. 내가 기억하는 겨울날 복도는 그 감정들 그대로이니까.

Death

이지윤

If you go, then you are going

neither leaving nor fleeting

but apart from the hand print you left

I will grasp,

sensing the hold I take is empyrean yet, ephemeral

When the very breath ceases

the gentle swift in the room induces urgency

Your print fades

If I cry, you can't hear

or will you?

I cry knowing that

mark of yours will never be erased

even if it fades

당신이 가시면, 가시는 것이겠죠
떠나는 것도 도망가는 것도 아닌,
그렇지만 당신이 남긴 손자국과는 멀어지겠죠

전 붙들 겁니다,
저의 그 잡음이 창공을 향하면서도 덧없는 길 느끼며
그 마지막 숨이 멎을 때
방의 부드러운 바람은 긴박함을 불러옵니다
당신의 흔적이 희미해져요

전 울 겁니다, 당신은 못 듣겠죠
들을 건가요?
당신의 표시가 희미해질지는 몰라도
절대 지워지지 않는다는 것을 알며 전 웁니다

🍁 digressions

사람들은 보통 어떤 사람이나 물건의 중요성을 깨닫기까지는 그것의 사라
짐을 필요로 한다. 그리고 내게 주어진 것이라 자만하였던 것이 사라지고
나서야 비로소 애착을 느낀다. 그렇지만 이제 끝이라고 느껴질 때라 해도
자세히 살펴보면 그 관계는 여기에 항상 있을 거구나 하는 것을 알 수 있
다. 사람들은 아직 깨닫지 못했을 뿐이다.

Stripped to the Bones

120714, Tour—이신혜 | Welthauptstadt—서재원 | 120520, Planet
Magenta—이신혜 | Love—이지윤 | There Is No Rush—서재원·이신혜 |
120203, Fan—이신혜 | A Bad Dream—서재원

120714, Tour

이신혜

Curious adventurer, take a moment to peek inside

if you must insist

Let yourself see through this unhealthy grin of mine

and uncover all my aging secrets

Take a look at the tangles and massacres of wishes

corpses of love strewn, hopes shattered and scattered all over the

floor

and there-you spot a kingdom that the cobwebs of gloom have drawn

Come, admire all the self-hatred weaving through the wall tapestries

and the delicately doubt-rimmed castle walls

with jagged, ripped, torn,

festering wounds and peeling bandages everywhere

and you remember as you leave, still a smile on that facade, odd,

odd, odd, isn't it?

Wipe your brows, here, wasn't that terribly exciting?

I see you're quite content with these unexpected revelations and

exotic madness

But say, curious adventurer

궁금한 게 많은 탐험가여, 잠시 여길 들여다봐도 좋소
정말 원한다면 말이오
이 지독한 웃음 너머를 보고
나의 삭아가는 비밀들을 들춰내도 좋소
여기 망가진 실타래마냥 엉켜버린 소원들은 전부 학살당했고
사랑은 이제 싸늘한 시체일 뿐, 소망들은 죄다 부수어지고
흩뿌려졌소
저기 저 왕국은 이미 짙게 드리워진 우울의 거미줄에 자신을
잃었소
성벽 위에 자리 잡은 의심과
이 자기비판의 소용돌이들이 벽을 타고 흐르는 것 좀 보시오
깨지고, 찢기고, 긁히고
곪아가는 상처들과 너덜거리는 붕대들은 가도 가도 끝이 없는데
나가며 그 어색하게도 밝은 웃음 기억나자, 괴상하다, 정말로
괴상하지 않소?
자, 여기 땀 좀 닦으시오, 끔찍이도 놀랍지 않았소?
예상치 못한 발견들과 생소한 광기에 나름 만족하는가 보오
하지만 탐험가여, 그렇지 않소?

must you not agree, after this breathtakingly foul tour,

that some things are better when kept secret?

정말 이 세상의 어떤 것들은,

그저, 비밀인 채로 남는 게 낫지 않겠소?

🍁 **digressions**

이 시의 탐험가가 깨달은 바와 같이 인간관계에서도 사람들의 마음속 깊은
곳에 숨겨진 감정들을 모두 알게 되는 것이 마냥 **좋은** 일은 아닐 거라 생
각한다.

Welthauptstadt

서재원

A man less than meets the eye,
armed with mere maneuverings
Tainted toying of the tenuous tongue,
gross delusions grow grotesque

A country A world A People,
devoured, consumed, and
stripped to their bare bones

보이는 것에 한참 못 미치는 이 남자는
치졸한 속임수로 무장하였고
얄팍하고 더럽혀진 말장난뿐으로
역겨운 망상은 끝내 기괴해진다

한 나라 세계 그리고 인종을
무참히 집어삼키고 소비하여
희끗한 뼈가 보일 때까지 찢어 벗긴다

❧ digressions
'Welthauptstadt Germania'는 'World State Germany'라는 표현으로, 제2차 세
계대전 당시 아돌프 히틀러와 측근들이 건설하려 했던 터무니없는 도시의
이름이다. 이 시를 통해 인류의 역사에서 아마도 가장 끔찍한 악행을 저지
른 남자의 잔인함과 뒤틀린 야망에 대해 표현해보았다.

120520, Planet Magenta

이신혜

Sometimes I swerve out of control

revolving straight through the veil of sanity

I rotate in a million different degrees

and directions of -23° Northsouth

158° Westeast, skywards

Sometimes I let go and

I sometimes get lost

in the maelstrom of turns and twists

of pitch-green uncertainty, swallowed in the universe

that glow with the saddest virgin blue

I am a problem

an abyss of magenta

with pink flecks of dust swirling around

this unsettled throbbing heart of mine

I scream, I gyrate to the worst spindles

when all I need is love

and the courage not to kill when they reach inside

가끔 난 통제 불능이곤 해
이성의 베일 사이로 회전하며
북남(北南)쪽으로 -23°,
하늘로 뻗은 동서(東西) 158°의
수천 개의 각도와 방향으로 폭주해

가끔 난 그냥 놓아버리고
난 가끔 길을 잃어
서글픈 암청색으로 은은히 빛나는
우주에 박힌
흑녹빛 불확실의 소용돌이 속에서

나는 하나의 난제(難題),
진홍색의 심연(深淵)
그 고동치는 불안한 심장 주위를
휘감는 붉은 먼지 속에서 난
최악을 축(軸)으로 돌며 악을 써
사실 내게 필요한 건 사랑,
그리고 사랑을 죽이지 않을 용기 그뿐인데 말이야

Still I want you

you, to be my axis

to keep me spinning with a reason

and keep me upon this sheet of glitter glass

with a purpose, a place to run to

and watch the stars sprawled across my cheeks,

Somewhere that I know

that I'll be yours truly

and you'll be mine solely

suffocating

on this wicked Planet Magenta

그래도 난 널 원해
나의 중심이 되어줄 널,
내가 이 반짝이는 유리 위에서
멈추지 않고 회전할 이유와 목적을 주는,
내 두 뺨 위에 별자리가 흩뿌려질 때
달려갈 수 있는 피난처를 원해

확신을 가지고
나는 온전히 너의 것이고
너는 오직 나만의 것임을 아는
이 숨 막히는
사악한 진홍색 행성 위에서

🍁 digressions

상처 많고 이기적이지만 미워할 수 없는, 난폭하게도 치명적인 그런 사람
을 행성에 비유해 보았다. 숨 막히게 외로운 우주 속에, 고정된 축(axis)도
일관된 방향도 없는, 폭주하듯 회전하는 이 진홍색 별 속에는 우리들의 숨
겨두었던 비밀스러운 모습들도 한 조각씩 박혀 있지 않을까?

Love

이지윤

Walking along the woods, all the same trees no varieties,

traced upon a tree trunk was a door

Expecting nothing more but the treasuries,

for the tickling tinkling feeling had she opened the door

only to face a shimmery glow hiding beneath the burrow

Reaching for the glitter she hoped to find delight

in spite, a sharp shattered side seized the surface of sorrow

Unexpected, little girl quivered, fetching her hand with velocities

The cut still sore and aching, it was a glass which had caused the sore

Has she not learned, has she not realized?

At the end of blooming fancy,

there only lies bitter reality

숲을 걷는다, 수없이 계속되는 나무들의 길을
나무의 몸통에 남겨진 흔적은 문이었고
보물들이 기다리고 있을 거라 기대하며,
반짝이는 기분으로 소녀는 그 문을 열었다지만
기다리던 것은 굴 아래 숨어 있는 희미하게 일렁이는 빛
그 반짝임을 향하며 소녀는 기쁨을 희망했나만
뾰족하게 깨진 면은 슬픔의 표면을 붙잡았고
소녀는 재빨리 그녀의 손을 잡으며 뜻밖의 일에 떨고 말았다
상처는 아직도 붓고 아렸다, 그녀를 붓게 만든 유리 한 조각
소녀는 아직 배우지 못했을까? 깨닫지 못했을까?
부푼 기대 끝에는 쓴 현실이 있다는 걸

🍁 **digressions**

누구나 쓴 사랑의 경험이 있지 않을까? 유치원생이라도 오랫동안 좋아했던 짝을 다른 친구에게 뺏겼다든지 사춘기를 겪으면서 짝사랑의 힘겨움을 배웠다든지 하는 그런 경험 말이다. 흔히 사랑은 모두에게 신비하고 아름다운 것처럼 묘사되지만 그 이면에는 뾰족한 현실이 있다. 그럼에도 불구하고 빠지게 되는 걸 보면 이성으로는 어쩔 수 없는 힘이 작용하는 게 아닌가 한다.

There Is No Rush

서재원 · 이신혜

Your open hands

face outward to shield the world from us

And light leaves a black handprint over you

as your eyelashes gather soot in their delicate fingers

A starling soars into a river, a future wails into the sky

in the brows of a swirling dust cloud ahead

But in the descending day

come, lie your head down,

Breathe a sigh and remember

there is no rush

in this rush of lead overhead

너의 내질러진 손들은

세상을 우리로부터 가리기 위해 활짝 펼쳐져 있고

빛이 너 위에 검은 손자국을 남길 때

너의 속눈썹은 그 야윈 손가락들에 재를 담는다

저 눈 앞의 소용돌이치는 모래바람 속에서

찌르레기는 강 속으로 날아오르고 미래는 부르짖으며 사라지지만

저무는 오늘의 태양 속에

이리 다가와 가만히 누워

숨을 가다듬고 기억하라

네 위를 덮치는 납의 급류 속에서도

서두를 이유는 없다

가장 절망적인 상황에서 서두르지 않고 침착할 수 있는 능력은 말처럼 쉽게 얻어지는 것이 아니다. 머리 위로 솟아오르는 납의 급류처럼 자신의 힘으로는 도저히 해결이 안 되는 막막한 상황에선 더더욱 그렇다. 그러나 그런 다급하고 암울한 순간에도 잠시 눈을 감고 자신을 추스르면 신기하게도 실낱같은 평안이 가슴속에 울려 퍼진다.

이 시는 특이하게 두 명이 한 연씩 주고받으며 썼다. 처음에 구체적인 주제를 염두에 두고 시작하진 않았지만 한 줄씩 더해갈수록 시의 전체적인 아이디어를 뚜렷하게 완성할 수 있었다.

120203, Fan

이신혜

So far away, yet your tangible compulsion captures

my every thread of senses

It makes me mourn from the insides deep

and beam from the very soul

Numeros, distance and history

it hurts to be so distant

and to revel in the vicarious lush of fantasies

Frostbites of anticipation and esoteric passion are harsh

when I know

somehow

sacrifice means nothing much

when reality stands tall, its reaper clenched firm in hand

and the spaces never subside

It kills me to realize what I had known all along

너무도 멀지만, 그대의 손끝에 닿을 듯한 매력은

나의 모든 감각과 신경을 붙잡는다

그로 인해 나는 깊은 영혼의 샘으로부터 슬퍼하고

기쁨의 감정으로 빛나기도 한다

숫자, 거리 그리고 역사

너무 떨어져 있다는 사실과

간접적인 환상 속에서 황홀해야 하는 현실이 괴롭고

헛된 기대와 난해한 열정의 서리에 데일 때마다

어째선지 난

이미 알고 있었다

현실이 제 손에 낫을 들고 크게 설 때

희생들은 별 의미가 없다는 걸

내내 알고 있었던 사실을 재차 깨닫는 것은 죽을 듯이 아프다

🍁 digressions

많은 사람들이 팬으로서 누군가를 열망하고 사랑하며, 그 사람을 TV나 컴퓨터 화면을 통해서가 아닌 실제로 만나 알아가고 싶은 마음을 가져봤을 것이다. 그 사람이 SNS에 올린 몇 마디, 사진 한 장에도 개인적으로 말을 건네받은 듯 금세 심장이 콩닥콩닥했을 테고 말이다. 그러나 재차 깨닫게 되는 씁쓸한 사실은, 언제까지나 난 수많은 팬들 중 한 명일 뿐이라는 것이다.

A Bad Dream

·

서재원

I can feel my pulse hysterically reaching
famished fingers to the insides of my skull
Scratching at every opportunity for breaching
ferociously pounding against the rigid wall

Every muscle an E of a tout violin,
fingers playing at the tip of the bridge
Every atom of my existence lets out
a desperate cry for one final destination-

Chirping, Sunshine, Comfort, Morning
I sigh and briefly wallow in safety
But suddenly it strikes me-When,

was the last time I put in my utmost efforts
To achieve something with such a motivation-
blindly yet determinedly, eyes transfixed
As in the bad dream that I'd just fled from?

터질 듯한 맥박이 앙상하고 굶주린 손가락을 들어
나의 두개골 안쪽을 사정없이 긁는다
마치 탈출구를 찾는 듯
매섭게 벽을 내리치며

근육은 금방이라도 끊어질 듯
곤두선 바이올린이 E선과 같고
내 몸의 모든 분자들은 단 하나의 목적지를 향해
간절한 부르짖음을 내뱉는다－

지저귐, 햇살, 편안, 아침
나는 한숨을 내쉬고 잠시 동안 안도한다
하지만 그때 드는 생각은 도대체

내가 도망쳐버린 이 악몽에서와 같이
재지 않고 따지지 않고
목적을 성취하기 위해 온 힘을 다해
달려본 적이 언제였던가?

🍁 digressions

목숨을 위협하는 무언가로부터 도망치는 꿈은 누구나 꾼 적이 있을 것이
다. 악몽이 끝나면 비록 꿈속이었지만 너무 간절했던 나머지 심장은 쿵쾅
거리고 땀은 비 오듯 흐른다. 그런데 간밤의 악몽 속에서 안전을 찾아 모든
힘을 다해 달렸던 것처럼 최근에 나의 모든 열정을 쏟아 이루고자 했던 일
이 과연 무엇이 있을까?

언제부터 시를 쓰기 시작했는지는 잘 기억이 나지 않지만
그 어린 마음에도 뭔가 아름다운 것을 만든다는 생각에 설렜었
던 것 같습니다.

시를 쓰는 것은 마치 저만의 비밀의 정원을 가꾸는 것 같습니다.
전날에 울면서 심었던 라일락, 작년 생일에 싹틔운 복숭아나무,
시간 날 때마다 조금씩 다듬었던 꽃가지들, 모두 그때의 기억
과 감정들을 품은 채 좁은 땅을 채우고 있습니다. 원할 때마다
새로운 작품으로 정원의 경관에 조금씩 활기, 혹은 음영을 더
하고, 또 그렇게 새로워진 정원을 즐기러 언제든지 찾아올 수
있습니다. 또 적당한 때에는 친구를 초대해 함께 버드나무 밑
에 앉아 꽃향기를 맡을 수도 있습니다. 그러나 언제까지나 나
의 속을 너무 자세하게 묘사한 '비밀의 정원'이기에, 해가 저물
고 돌아가야 할 때면 잊지 않고 정문을 걸어 잠그고 나옵니다.

이 책을 읽으신 분들께 처음으로 제 정원으로 가는 열쇠를
쥐어 드렸습니다. 쑥스러운 마음도 크지만, 내가 오랜 시간 가
꾸어 온 정원을 보고 행복하셨는지, 혹시 훗날에 함께 금잔화
를 심으러 올 친구가 더 생기지는 않을지 설렘 반 기대 반입니
다. 분명 몇 년 후에 읽어보면 어설프고 유치한 모습에 웃음이

나올 시들이지만, 그래도 진심을 다해 키워낸 작품이기에 시 하나하나에 애착이 큽니다. 제 시를 읽으신 분들과 앞으로도 이 애정을 나누고 공감할 수 있기를 소망합니다.

이신혜

* * *

유치원생 시절 '겨울나무'라는 내 첫 번째 시를 완성하고 아주 뿌듯했던 기억이 있다. 그때 선생님의 칭찬 한마디가 문학과 시에 대한 나의 꾸준한 관심으로 이어졌고, 중학생 때 영어학원에서 다양한 창작 활동을 하며 시에 대한 깊은 애착을 가지게 되었다. 고등학교에 진학한 후 영문학을 정식으로 배우게 되면서 수많은 시인들의 작품들과 접해볼 수 있었고, 나도 이들처럼 마음에 와 닿는 시를 쓰고 싶다는 목표를 가지게 되었다. 그렇게 탄생한 'I am a Fire, You are the Wind', 'On the Morrow' 그리고 'What Happens to Hopes Unfulfilled?'는 AP 영문학 공부를 하면서 읽고 특히 감명받았던 시들을 토대로 쓴 작품들이다. 그 후 나는 공부가 손에 잡히지 않을 때('Biology'), 나의 목표의식이 흐려질 때('A Bad Dream', 'A Question') 혹은 개인적인 깨달음을 얻었을 때('Mornings/Evenings At Home', 'People Who Fall In Love With Math', 'Remorse') 시를 써나갔다. 때로는 장난스럽게('Hunger') 또 때로는 경건한 마음으로('Ethereal Will', 'An Age Old Song') 창작을 했으며, 시의 형식에 변화를 주면서 새로운 것을 시도해보기도 했다('Birth', 'Life', 'Death'). 익숙하지 않았던 시 창작을 하면서 많은 어려움이 있었지만 평소에는 무심코 지나쳤을 것들에 대한 보다 깊은 성찰을 할 수 있었던 점과 내가 느끼는 것을 시를 통해 조금이나마 표현할 수 있는 기회를 가진 것에 대해 정말 감사하고 행복하다. 나도 'Poetry Is Dead'의 '산 자들'과 같이 항상 인생의 아름다움에 대해 깨어 있고 감사하는 삶을 살며 앞으로도 그것을 시를 통해 표현할 기회가 있기를 바란다.

서재원

＊　＊　＊

처음에 시집을 내고 싶다고 생각한 것은 혼자 시를 쓰다가 친한 친구와 함께 서로 지은 시를 공유하고 이야기를 나누면서 입니다. 시를 쓰는 재미를 느끼면서 그 추억들을, 그때의 감정을 남기고 싶다는 소소한 일상에서 짧지만 긴 여정의 시집을 내게 되었습니다. 유치원 선생님께서 시를 써보라 하셨을 때 저는 하늘이 파랗다, 노을이 예쁘다 같은 단편적인 자연물을 묘사하는 정도에서 그쳤습니다. 초등학교 때에는 어린아이들의 특권인 상상력으로 나비에 대한 시를 백일장에서 썼었던 것이 기억이 납니다. 중학교, 고등학교에 들어와 딱히 시를 계속 쓰자는 비장한 계획을 가졌던 것도 아니었지만 저만의 일기장에는 항상 몇 편씩의 시들이 적혀 있었습니다. 나에게 가장 마음에 와 닿는, 가장 내 심정을 잘 표현하는 것은 풀어서 써진 산문이 아닌 시어 하나하나가 가슴에 박혀 들어오는 운문들이라는 걸 그때부터 알아가고 있었던 것 같습니다. 시는 저에게 속이 꽉 찬 알맹이라는 느낌입니다. 줄글은 모든 것을 읽어야 비로소 하나하나가 연결이 되면서 스며들지만 운문은 모든 부분이 글을 표현하는 데 일조하고 있습니다. 또한 자신도 모르는 사이에 의미가 단어들에 스며드는 것이 시라고 생각합니다.

이제는 사춘기라는 민감한 시기를 지나고 외국에서도 'young adult', '젊은 어른'이라고 부르는 나이에 당도해, 시적 감성도 단순한 대답이 아닌 고차원적인 감정의 경험으로 볶아져 탈바꿈 되어 가는 것을 느낍니다. 아직 어린 나이고 전문적으로 시를 쓰는 것도 아니라 지금은 자기만족에 글을 쓰고 있지만 이 경험은 다른 어떤 것보다 저에게 매우 소중합니다. 시는 작가 혼자 쓰는 것이 아닌 독자가 함께 만들어 나가는 것이라 생각하기 때문입니다. 여러분이 어떻게 느끼느냐에 따라 시가 전달하고자 하는 의미가 바뀌는 거 아닐까요? 최소한 제 시들은 처음 적었을 때의 제 의도도 있겠지만 이 글들을 받아들이는 독자들이 있기에 시 자체에 존재 가치가 있는 것입니다. 제 일기장에 적힌 시들은 저만 보기 때문에 저만의 의미밖에 생기지 않지만 여기에 수록된 시들은 제 경험을 바탕으로 여러분의 세계관에 의해 반영됩니다. 분명 독자 여러분들 개인의 각 시에 대한 감상은 다 특별할 것이고 저의 의도와는 다른 점이 있을 것이지만 그것이 제 시를 더 가치 있게 만들어 줄 것입니다.

이지윤

이신혜

1993년 10월 24일 생. 한국외국어대학교 부속 용인외국어고등 학교 3학년 재학 중. 초등학교 1학년 때 미국 캘리포니아 주에 서 3년간 거주 경험이 있다. 어린 시절부터 문학에 관심이 많 아 초, 중학생 때부터 조금씩 시를 써왔지만 고등학생이 돼서 야 모순어법(oxymoron)과 공감각적 표현(synaesthetic imagery)의 매력에 빠져 본격적으로 시를 쓰기 시작했다. 한 번 꽂힌 것은 질릴 때까지 듣고 먹고 부르는 습관이 있고 사소한 오타나 말 장난에도 자지러지는 것이 특징이다.

서재원

현재 한국외국어대학교 부속 용인외국어고등학교 3학년 재학 중. 1994년 7월 4일 서울에서 태어나 유치원 때 첫 시를 쓴 후 문학에 대한 관심이 깊어졌으며 초등학교 3, 4학년을 미국 펜 실베이니아 주에서 보낸 후 꾸준히 영어 공부를 해왔다. 시 외 에도 에세이를 쓰는 것을 즐기며 아름다운 문체를 가진 작가 들을 좋아한다. 앞으로 전공하고 싶은 분야는 생물과 신경과 학이며, 과학에 대한 에세이나 시로 문학상을 받는 것이 다소 엉뚱한 꿈이기도 하다.

이지윤

한국외국어대학교 부속 용인외국어고등학교 3학년에 재학 중. 1994년 9월 26일에 태어나 창작을 한 것은 유치원 때 그림일 기에 사과라는 시를 쓰면서부터였지만 정작 좋아하는 과일은 산딸기이다. 공상에 빠지는 것을 좋아하며 여름에 베란다 문 을 열고 매미소리를 들으며 거실바닥에 누워 있는 시간이 가 장 소중하다. 정치외교에 관심이 많지만 마지막에는 문인으로 서 생을 마감하고 싶어한다.

플레이하우스

초 판 인 쇄 | 2012년 10월 30일
초 판 발 행 | 2012년 10월 30일

지 은 이 | 이신혜·서재원·이지윤
펴 낸 이 | 채종준
펴 낸 곳 | 한국학술정보㈜
주   소 | 경기도 파주시 문발동 파주출판문화정보산업단지 513-5
전   화 | 031) 908-3181(대표)
팩   스 | 031) 908-3189
홈 페 이 지 | http://ebook.kstudy.com
E - m a i l | 출판사업부 publish@kstudy.com
등   록 | 제일산-115호(2000. 6. 19)

ISBN   978-89-268-3897-6 03840 (Paper Book)
            978-89-268-3898-3 05840 (e-Book)

이담 *Books* 는 한국학술정보(주)의 지식실용서 브랜드입니다.